U0559561

三秀图

杨维翰绘　私人藏

元统二年五月方塘枞荫写

江南卯月雨晴昔　兰
吐幽香竹乱姿胡蝶
不来黄鸟眠小囵风
惠落苍然腾用亨题
惕居三秀图

石之奇竹之清兰之
幽斯谓三秀
正统元年丙辰春二
月既望日佑蘇张益

罗生门外竹林中

林琵琶 —— 著

上海文化出版社

《罗生门外竹林中》
我皎洁的身体没有一点瑕疵，冰雪一般干净，坦然地
迎向太阳，炯炯的太阳。每一个细胞，我全身的细胞，
都在贪婪地吸吮着上天赐给我的一切。鸟在扫啄自
己身上的羽毛，蜜蜂在私语，新笋刚刚冲破了泥土。
花的香气，腐叶的气味。大地以它的潮湿温润我，
我融进了山间的宁静。

《流泪的佛》
别人可以走的路，他也可以走，而且一定要比他们
走得更好。

《幽兰露 如啼眼》
奇异的芳香却向他飘漾过来，那不是桂花的香，也
不是任何香草。那是令他心伤肠断的香气，他悲伤
得只想死去。那也是令他软弱的香气，他软弱得禁
不住垂泪。

《我也是一个战犯》
过去了的事，我们能够知道的，全都是别人愿意让
我们知道的。不想我们知道的事，一句都不会会说。
我们这一生，恐怕都不会有恋爱的机会了吧。那种
辗转反侧、魂牵梦绕的滋味，患得患失，摧心沥肺，
无尽的相思……我但愿小说和电影里的爱情全都是
骗人的。这样我便不曾失去了什么，错过了什么。

《伍子胥的眼睛》
人心，大小不过三寸，竟曲折幽深直通阴曹地府，
险秘不可测。

《春风不再沉醉》
天命反侧，何罚何佑？反成乃亡，其罪伊何？我为
何生？如何死？往日时光去了何处？来日大难我又
能做些什么？

目录

追梦者

烟花雨

风流花一时

此中有真意

猗蘭圖

黄君实 绘　私人藏

自序

　　我写第一篇小故事，是在小学五年级或六年级的时候，总之是小学毕业之前。写些什么，完全记不起来了。

　　那时，在乡间，几个小孩忽然想玩些新鲜的事。有个孩子家里人大约有点文化，拿了一些蜡纸，一支尖钢针笔。我们用钢针笔在蜡纸上写字，蜡被刮了出来。再把蜡纸放在白纸上，用油墨一涂，字迹便印在白纸上面了。

　　五十岁以下的人，大约不明白我说的是什么奇怪的事。

　　完全没有经验的孩子们，用刷子大力地在蜡纸上扫刷，蜡纸很快便被刮出破洞来，不能再用了。把稍为清楚整洁的挑选出来，用浆糊黏贴好，也不过五六本。大伙儿却兴奋地传阅着，就像一甩手把点燃了的小鞭炮抛上天空，紧张地等待"砰"一声的爆响，乍看到夜空中散发出金光来，才一阵欢呼雀跃。

初中时随父母移居香港，写得更勤了，当然是非常幼稚的。稿子先是投往学生报刊，慢慢也能够在比较严谨的刊物上发表了。作家的梦于是像发了芽的树，我在长大，它也在长大。

但梦很快破灭，在出国留学之后。

几乎有长达二十多年的时间完全不用中文，有时连简单的一个字也忘记了笔画。生活重复又重复，一年又一年的过去，一辈子也会这样过去。间或有点失落和不甘心，但更多的时候是认命。人生不过如此，吃了，睡了，孩子们长大了，自己老了。

前些年迁回香港，因种种需要，重新用中文撰写一些艺术史研究的文章。然后发觉，有些梦虽然飘得远了，却依然在，影影绰绰地浮荡着，于不远之处盘回，耐心地等待着我。

自己的梦，总要自己记录下来才好。

于是在2020年出版了长篇小说《月亮的背后》，之后心思便像狂奔的野马，再拉不回缰。刚好又碰上全世界都被疫情折腾到现在，躲在小楼，疯子似的总想写些什么，又翻箱倒箧去寻找些什么，结果弄成一本小册子《罗生门外竹籐中》，2021年1月在中国香港出版。这次承蒙上海文化出版社以简体字排版重印，便又增加了一些介绍中国书画的文字，以及刚完成的《流泪的佛》和《春风不再沉醉》等三个短篇小说。

梦总是无稽的吧，却多少能够传递一些信息：消失了的尘埃，活着的盼望，暂时无法证实的预言。

喜欢写，又可以写自己喜欢的，纯属享受。虽然在旁人眼中，大约只似一壶白开水。把水向空中泼出去，在阳光下闪出连串晶亮的珠子。但旁人恐怕还是要避开，只有作者自己伸手去接 —— 那一阵烟花雨。

林琵琶

2021年9月于香港

追梦者

罗生门外竹林中

那天，竹林里，在我丈夫眼皮底下，这强盗强奸了我。

我们是在罗生门附近遇见这个强盗的。那时候当然不知道他是强盗。

我骑着白马，它高大神骏，身上没有一丝杂毛，骄矜的神情带点睥睨一世的傲气。我于是以清新来衬配它的素净：磁青衣裙，织着银丝细缕水云纹，靛蓝莓红嫩茶三色花，裙下一截藤黄窄裤白袜子。披肩则是高贵的粉紫，绣一只翱翔的白鹤，它翘首仰望云端，展开了翅膀。

精致的服饰配上白马锦鞍，使我整个人绽放出清艳的光彩。苎麻面纱从笠帽的边沿垂下，遮掩我妆容精致的面容。

清风高节图 （局部）

李偁 绘 私人藏

丈夫骑着栗色高马在前面缓缓而行。他的妹妹过两天要出阁了，我们顺便回去探望家人，要在祖屋住上两三天。

微风温暖，初夏，草木清新。

"你们在前头先行。"丈夫吩咐背着重物随行的两个仆从，"我和夫人慢慢溜马过去，也很快会到。"

老家的乡镇，只须翻过这个小山丘，是每年都要往来好几次的熟路。骏马上是丈夫傲焕英武的风姿，腰间插一把精致的大刀。看见过他出刀的人都要吃惊，人们只听见"咔"一下利刃出鞘的声音，又是"咔"一声刀已入鞘，然后在他前面的泥地上便血淋淋地躺着一只身首异处的兽。这一带能够看清楚他怎样挥刀的人，恐怕是没有的。

清静的郊野，只有我们两匹健马的蹄声。山坡上满是生机勃勃的青绿。

我想起刚经过的西京南门。那边的阳光，应该也是明媚的吧。但呛浊的灰尘似乎还梗在我的咽喉，周边仍隐约飘浮着那种腐朽的死亡的气味。

西京的南门，就是被称作罗生门的那座宏伟建筑。四根大门柱，每根都是需要数人才能合抱的云杉大木，坚定地竖立着，巍巍顶往穹苍去。那样坚决地展示着誓不与岁月同朽的顽强，像个颓暮的勇士，透着悲愤与苍凉。

很久以前，这里迎送过大君，华丽的马车隆隆辗过，仪仗队的乐声宏壮，沸腾着热闹庄严的日与夜。各地前来京城的人，遥遥望见这座大门，全都被它的神圣震慑住了，老人女子和小孩甚至俯伏在地上膜拜。拒绝跪拜的狂徒亦惴惴，妄野的心即时惶恐，卑微且虔敬地垂下头，才敢举步踏进门内。

但它现在残破得令人心碎。木门上的金漆早已剥落了，檐头的雕刻也被流浪汉挖去变卖，有些恐怕成了他们取暖的薪火。本来嵌放雕刻的地方便留下一个个洞孔，像被剥光牙齿的嘴巴，可怜地向路人张开着。

"这地方有点可怕呀。"我说。

"嗯。"

这是丈夫的反应。

丈夫是个雍容俊雅的贵公子，二十四岁，我们结婚三年。他非常宠爱我，完全知道我的心思。我想要什么，譬如一匹漂亮的马，也不必开口就可以得到。

前年冬天，我们新婚才几个月，天气骤然变冷，我患了很严重的感冒。咳嗽，高烧不退。

"把我的床褥移往里间去吧。"我吩咐清子，"拉上纸障子，别过了病气，且又咳嗽，吵得他整夜没好睡。"

清子答应着，用温水浸毛巾给我洗脸、擦手，把一切弄妥当，扶我躺下盖好被子。"过一会我再来，晚上还得再吃一次药。"清子是我从娘家带来的使女，比我少一岁。

我昏昏沉沉地睡着了。吵醒我的是清子的声音，在外面的房间。虽然尽量压在喉头，又隔着门障，但那确实是清子。

"不要，主人，请你不要……"她带着哭泣的声音挣扎着。

一刹间我头疼难忍。

我想爬起来，但没有力气。我想大声呼叫清子，但不确定是否应该发声。就这么小片刻的犹疑，我已听到丈夫喉间的哼哼和得意的轻笑。

我闭上了眼。

清子进来给我送药的时候，头一直低着，仿佛要把它缩进脖子里去。

"清子，你过来。"我说。她怯怯地挪近。

我抚着她的手。"你不是说春天要结婚吗。等我病好了，你就回去筹备吧。"

她抬起头来，一脸惊恐："夫人，你不要我了？"

"我是为你好。我给你一笔钱，你和太郎好好地过日子吧。"

清子瞪大眼睛。"夫人。"她呜咽，然后伏在榻榻米上低声哭了起来。

丈夫仍然和从前一样宠爱着我。总会过去的，我想。我会尽快把这事忘记。

我是这样深深地爱恋着他。

"少爷，这位少爷！"有人突然高声叫道。这声音把我的回忆打断了。

丈夫拉住了马缰。

有匹马从后面飞奔过来，那是一匹干瘦的有点年岁的灰马，但它显然长期习惯了山路，跑得轻松矫捷。它一下子冲到丈夫前头，才被马上的人勒缰回转。

"我认识你吗？"丈夫冷冷地说。

"噢，不，不。"这人的声音非常悦耳，听起来也相当年轻。我透过面纱看见他挺得笔直的身躯，应该比丈夫还要高出大半个头，肩膀宽阔。他穿着深黑色的布衣。

"有事吗？"

"是这样的，少爷，你要往南边去吧？我正好要往福之乡去。这路僻静，大家作个伴，少爷不介意吧？这位是夫人？"他转过身来向我躬身行礼，"希望夫人也不会介意。"

路旁的树叶突然响起一阵沙沙声，我的面纱一下子被疾风掀开了。但风很快过去，面纱又悠悠垂落。

就在那短短的一瞬，只一瞬，他看见了我。不，是我看见了他。

他本来说着话的嘴唇一下子不动了，像被魔术定住了一样。但他迅速回过神来，转身絮絮地回答丈夫的问话。

他的眸子，黑亮的宝石般晶灿的眸子，就在刚才的·刹那烧成炭火，扑过来，向我扑来，灼痛了我。

我们的坐骑又开始缓缓前行。

两个男人在前面交谈。我听不清他们在说什么，也不想听。

坐在马上，一摇一摇的。像心中有个小盒子，本来盖得严严密密的，摇着摇着，把盒盖也摇脱了。盒子里封存着的事物便一件一件晃跌出来，梗着心房，隐隐炙烫。

一连下了好几场大雪，那个冬日。

丈夫在指导惠子沏茶。惠子是丈夫新雇来的侍女，十六岁。家中的侍女越来越多，现在一共有八个了。

丈夫温言软语教导着惠子。

"左手托着茶碗，右手拿茶筅，轻轻把茶粉在水中混匀，千万不可溅出碗外。"他说，"哎，这样子，慢慢的，别抖。"他伸出手去，盖在她的指头上，带她转动茶筅。

女孩的脸一下子烧红了。

真有趣。我想。什么时候可以喝茶呢。

雪好像停了。我看见男仆匆匆地穿过庭院。

"少爷，"他说，"外头有个乡巴老头，说有件家传的宝贝，要请教少爷。"

"什么乡巴老头，"他慢吞吞地说，"叫他外头等着。"

"少爷，老人说住得远，想傍晚前赶回家去。"

丈夫皱起眉头："什么传家宝！谁告诉他到这里来的？"

"说是服侍过太夫人的阿若婆婆。"

"阿若婆婆？"丈夫抬起头来。"叫他进来吧。"

那是个五十开外的老人，一身干净的粗布旧衣裳，在茶室外的石板上恭敬地弯着身子。

丈夫非常客气："你认识阿若婆婆？"

"她是我大姨婆，少爷。"

丈夫点头："她身子骨还好？快九十岁了吧？"

"九十一岁了，走路不大方便，说不能亲自来给少爷请安，对不起少爷。"

男仆把他带来的包袱打开，那是一套书，大约四五本的样子，套在蓝色的布函里。

我看到丈夫眼中毫芒一闪，又迅速逝去。

他打开封函，一本一本地翻看。内页全是又薄又亮的皮纸，老旧的棕黄色，上面密密麻麻的墨笔汉字。

"有点积水的印子呢。"

"是。"老人非常惶恐，"去年冬天大雪，屋顶压破了，漏了水。但只是函套和上头的一本有点水印子，里面全是干净的，少爷。"

"真是你家传的吗？"

"确实是我祖母的嫁妆，说是值钱的，在祖母家中也传了几代了。少爷要查也是可以的。"

"嗯。"丈夫说，"是套古书。但积了水，损了价钱了。你想怎样呢？"

老人的头垂得更低了："是这样的，少爷。实在是，儿子病重了，必须要医治，没办法了，少爷。"

"你想出让吗？"

"是的。少爷。"

"心里有个价吗？"

"实在是，不知道。少爷。"

"这书呢，"丈夫漫声说道，"大约四五千文的样子。但你来回地跑，又给儿子治病，我多给你两千吧。七千文有一两多金子了。"

老人"扑通"一声跪倒，叩下头去："多谢少爷！多谢慈悲的少爷！"

"麻烦你，"我说，"顺便替少爷送五百文去给阿若婆婆。说少爷向她问好，常惦念着她。"

男仆往账房取了钱，点算清楚，要送老人出去。

"你留下来。"我对男仆说，吩咐惠子去送老人。

"你认识这老人家吗？"我问男仆。

"不认识，夫人。他自己走到前门来的。"

"好。我不许任何人去打扰他，谁都不可以！打扰了他，我绝不会宽恕的！可听清楚了？"我声音冷峻，"你先往炉子里加炭，铁壶也得添点水。"

一直等到惠子回转茶室，估计老人已经走远了，我才对男仆说："另外赏你二百文，你往账房领取去吧。"

丈夫看着我："外头一碗鳗鱼饭才十五文，你倒是大方得很。"

"防着他们向老人榨取呢。"我说，"这书真值一两金子么？"

"这是中原王朝的古抄本，抄写人是当时有名的儒生，极罕有的墨宝，少说也值二十多两！你懂什么，我捡了大便宜了！"

我看着眉飞色舞的丈夫，张了张嘴，又再合上。

四月初，天气暖和起来。我听到蜜蜂在花圃里的声音，蝴蝶的影子有时会在窗外飞过。

"樱花开了。"丈夫说，"佐藤夫人邀我们往八幡市的别墅赏花去。你一直想去参观那园子，而且佐藤大人近日在东京，我们可以少些规矩。"

获邀的还有小川夫人，个子娇小，容颜娟丽。"小川先生也陪同大人往东京去了。"佐藤夫人笑着，美丽的红唇弯起，"金泽少爷，你今天可是唯一的啊。"

丈夫笑道："好看的凤鸟，一只已经足够。"

那确实是非常美丽的花园，灿烂的樱林从松树后透出诱人的颜色。我贪婪地吸着清甜的空气。我们一直步往湖边，侍从们已在木台上摆好了茶酒小点。但我不想只坐在亭子里。

"金泽夫人第一次来，是该再多走走。"佐藤夫人笑道，"我们陪你吧。"

我连忙道谢，说一个人走走很妥当。"那真是太失礼了！"夫人说，指派一名侍女跟随着我。

山坡上满满都是樱花：山樱、郁金樱、八重樱……垂樱的花枝在半空飘拂。我在花间徘徊了许久，才回转身慢慢走下斜坡。

亭子就在斜坡下不远处。但我忽然停下了脚步。我静静地站立，站了不知多少时候。然后转过身，再次走进茂密的樱花丛里。

微风，如轻丝般掠过，卷落许多樱花瓣。薄命的花，很快开始凋谢了吧。

"如果你的丈夫喜欢很多女人，证明他是个正常而健康的男人。如果许多女人喜欢你的丈夫，你更应该高兴，因为你嫁了一个优秀的男人。"

那是出嫁前母亲对我说的话，母亲叮嘱我不要忘记。

我们在黄昏前告别。优雅的佐藤夫人一直送到门前。

丈夫的靴子发出轻快的清亮的声音，我跟在他背后向马车走去。

"你脖子后面有个红色唇印。"我低声说。

他一刹间停住了脚步，伸手去擦摸，然后把手指举到眼前察看。

"我骗你的。"

他迅速转过身来，眼睛像火一样。

我一点也不害怕。

"我看到了，你和她们，我确实看到了。"我在"她们"两个字上加重了语气。

我们又向前走去。

他紧紧地闭着嘴，好一会儿，才说："你最好别管这些事。这不是你该管的。"

车轮旁边有一块石头，我弯腰拾起。那是手掌大小的一块英石。

"我只不过给你提个醒。"我说，"佐藤、小川，你当然知道这两个姓氏代表了什么。我是不该管，但有些人一定会管。"

丈夫扭过头去。

"而且，"我的声音几乎是一块冰，"你大约忘记了，我先祖曾是真田大人的十大侍卫。"

他一只脚已踏上车板，倏地整个人转过来盯着我。

我微微一笑，向他摊开了手掌。

一堆碎石粉从我掌心簌簌跌落。

我的马又停下来了。

我发觉自己在山坡上，一个茂密的竹林外。前面几乎没有路，竹丛间勉强有一点儿空隙，也得小心地一步一步走，马是绝对无法走得进去的。

　　"这不是去祖家的路呀。"我说。

　　"你在这里等一下好了。"丈夫说。

　　"我们很快出来。"那个男人，就是一直与我们同行的那个男人，好心地安慰我，"有事叫一声，我们听得见。"

　　丈夫下了马，跟在男人后面，用手拨开垂下来的竹枝和叶子，走进了密林。

　　我完全没有留意他们刚才的谈话，不知道他们为什么要走进竹林里。但丈夫是个不容易改变心意的人，无论这林子里有什么，对丈夫而言，一定是非常重要的。

　　我拿出手帕，轻轻擦拭额前的汗水。

　　但过了不久，那男子却手忙脚乱地跑了出来，脸色有点苍白："夫人！夫人！"也许因为惊慌，他语气促喘，"少爷晕倒了！"

　　我吃了一惊："怎么啦？"

　　丈夫身体一向健康，平时连咳嗽头昏这些小毛病也是没有的。

　　"我们刚穿过竹林，他突然说头疼得厉害，一下子跪在地上，跟着倒下来不省人事了。我不知该怎么办，应该请夫人你先看看吧，我真不敢自己拿主意。"

　　我忙下马，心扑扑乱跳。我没有应付任何突发事情的经验。

　　"这路不大好走。"他说，"我扶一下吧。"

　　他拉着我的手钻进竹林里。我想我应该挣脱这手掌，从来没接触过这样令我害怕的手掌。但我得赶快去看倒在泥地上的丈夫，于是任由他拖着我在乱丛中飞奔。风掠过我的脸，一阵热气，一阵阴凉。

我被拖拉着穿过竹林，走进一个茂密的杉木林子。然后，我高声惊叫起来。

"你要干什么？"我叫道，"是你把我的丈夫捆绑起来的吗？"

他看着我微笑，斜挑一边嘴角。

"你，你这流氓！为什么带他到这个地方来？"

"哦，"他笑道，"我告诉他，我在那边山上发现了一座古墓，掘出一批镜子和大刀。我把这些东西都埋在林子里，如果有人想要，可以廉价出售。"

"你这个恶魔！"我怒极，"你把他骗到这里，劫他的财宝！"

强盗耸了耸肩膀："别人心中有贪念，那可不是我的错。"

我看见丈夫的刀还挂在身上，并没有出鞘。

这家伙非常聪明。"他没有机会拔刀。"他笑道，"我告诉他宝物埋在大树下，他便急不可待赶过去，跪下来察看。我只不过用自己的刀背在他头上狠狠敲了一下。你看，我并不想杀死他。"

我指着地上的包裹："你已搜出他的财物，放了他，这些全都归你。"

"那可不够。"

我把腰带里的两个小包掏出来，说："全都在这里了！现在请你离开我们吧。"

"还不够，还不够。"他一手扯脱了我的笠帽，大力把我圈到胸前。他圈得那样紧，身上的汗气呛得我不敢呼吸，"刚才，在罗生门附近，我看见你们经过。你骑在马上，像仙女那样，不，比仙女更漂亮神气。我想这对男女身上不知有多少财宝！便一直跟在你们后面。但后来，后来……风吹起你的面纱，我看见的不是仙女，是来超渡我的菩萨。"他看着我，看着我，眼睛透出一阵阵痛楚："你就是常常出现在我梦中的菩萨啊！这些年来，我总是梦见你，许多许多次了！其实只是为了你。我在别人身上也可以得到财宝，但你是来救我的，来救我的！我没办法。你一定听到过我的哭泣吧？你知道这些年我活得多么辛苦吗！我是地狱里的人，你答应过我的，每次在梦中你都安慰我。我的心、我的心……只有你能拯救我。求你，求你，别让我死去吧！"

我完全被他的话惊呆了。这算是求爱的话？是一个男人对女人说的话？这个人疯了，我得立刻推开他。

我于是反抗着，拼命地反抗着。

但这个强盗却比我想象中还要强壮得多。他抓紧我的后颈，扳过我的脸，一定要我对正他的眼睛。焦灼的眼睛，像是发了狂的野狼。

"别害怕。"他哑声说，"无论如何，女菩萨，请你救我！一定要救我！求你了！救我一次，好吗？"

我害怕得颤抖，却无法闭眼。那张被烈火烤灼着的脸在我眼前不断放大，扑过来，漆黑的眉毛和翘起的嘴角。一球硕大的花蕾，妖异的颜色，突然爆开了，喷出浓浓的毒雾，好大好大的一朵花，罂粟花，"噗"一声盖在我脸上。

我一阵昏眩。

我的丈夫，现在正结结实实地被捆绑在旁边的一棵杉树上。

是的，我的夫君，你看到我的脸吗？那是你从没看见过的脸吧，你不知道我是想哭还是想笑。你一定不会明白，其实，我自己也不明白。

整整三年了。一个又一个女人，有我知道的，一定还有我不知道的。我忍过前年，忍过去年，忍过春天和夏天。直到最近我才终于想通了。我的目光开始溜过旁边的每一个男人，像狐狸搜寻着猎物。但他们总是令我失望。原来这世上大多数的男人都是粗鄙的，猥琐的。我绝不能为这些蠢物贬低自己。

但今天，此刻，我只想杀死这个强盗。

我喉间咽哽，用尽全身的力气要捏死他，像捏碎一块英石。我撕扯他的皮肉，长指甲在他脸上和身上抓出一条条血痕。火山在爆发，大地断裂，鬼神也惊骇。我爱吗？我恨吗？我快乐吗？我悲伤吗？泪流满了我的脸，我大声哭着，叫着，笑着。我想我大约是疯了。

夫君，你看见过这样的我吗？你是否恨得连牙龈都要快咬断了呢。

然后我躺在泥地上，张开了四肢。森林里的大树很高很高，高得一直攀向天庭。从枝叶之间我看见了阳光。

我皎洁的身体没有一点瑕疵，冰雪一般干净，坦然地迎向太阳，炯炯的太阳。每一个细胞，我全身的细胞，都在贪婪地吸吮着上天赐给我的一切。鸟在扫啄自己身上的羽毛，蜜蜂在私语，新笋刚刚冲破了泥土。花的香气，腐叶的气味。大地以它的潮湿温润我，我融进了山间的宁静。

那男人跪在旁边，静静地望着我。然后他从我的衣物中找出一方手帕，拭去我脸上的泪，全身的汗水。他的动作非常温柔，温柔得几乎虔诚。然后替我把衣裙一件件拉好，扶我坐起，用手指梳理我的头发，整理我的腰带。

我抬起头来看着他。

也许我是他的菩萨吧。也许他是我的救主吧。

我的丈夫，那潇洒风流的贵公子，此刻近在咫尺，嘴巴被塞满了臭泥和烂叶，眼睛像火一样要把我烧死，烧成炭，烧成灰，扔进大海里。

"你跟我走吧。"强盗说。

"不。"

"你还要跟丈夫回去吗？"强盗非常惊讶。

"不。"

"请你往那边去。"我说，"我要和丈夫说几句话。"

我站起来走到丈夫面前。丈夫的恨意摆在脸上，却有点惊慌，完全不知道我要做什么。

他腰间挂着大刀。我的眼睛盯着他的眼睛，慢慢伸手抓向刀柄。丈夫的身子猛烈地抖了一下。

我轻轻笑了，放开刀柄，翻出他大衣里的一个暗袋，取出一把刀子。那是他心爱的刀，尺来长的非常锋利的刀子，用美丽的鹿皮套着。我拿在手里，抛高，接回来，又抛高，再接回来，然后用来轻拍他的脸。

他的惊恐是无法掩饰的。他从喉间发出的声音是那样可笑又可怜。

"你的金银财宝还不够吗？"我轻声说，"贪！一直贪！许多许多女人，许多许多财富。现在终于够了吧？"

我把嘴唇贴到他耳边。"你没有闭上眼睛，是吗？你竟然没有闭上眼睛！"我伸手探进他衣服内，又迅速抽回，怒道："你……真恶心！"我恨恨地在他的耳垂上咬了一下。他呜呜地哀叫起来了。

我把嘴角的血丝抹在他的衣襟上。"你是知道的，"我说，"如果我不愿意，他真能够拗得过我吗？"我哈哈一笑，直起了身子。

"这刀子归我了。"我说，把刀套扣紧在腰间，抄起裙子的长摆，也塞进腰带里。

"你要做什么？你往哪里去？"强盗回过来，连声追问。

我拾起跌在泥地上的帽笠戴上，苎麻面纱掩盖了我的容颜。

"嫁给我吧，我会和你结婚，全心全意对你，好好照顾你。"强盗急切地说着。

我掀起了面纱，侧过头来睨看他，也斜睨着捆在杉树上的人。

一个是恣意玷辱女子的男人，一个是背叛妻子、睁眼看着妻子在自己的眼皮下被玷辱却竟然亢奋不禁的男人。

得意的笑容飘上了我的嘴角。这大约是我一生中最美丽的瞬间，我要他们永远记得我。我要他们永远忘不了我修长的眉，姣媚的眼波，我含嗔似笑的神情，妖柔的身姿。

我要他们咬着牙齿思念我，捏痛自己的心房苦苦忆想我，我的美，我的好，我的野，和我的狠。

我慢慢放下面纱，它像一层薄雾，把我和他们分隔开来，和这两个男人都分隔开来。

"我不知你会怎样处置他。"我说，"从今以后，他不再是我的丈夫了，他和我一点关系也没有了。但我不许你凌辱他，不能让他捆绑在林中死去。"我折下身旁一小段枯树枝，手指一弹，枯枝向丈夫飞去，他捆在胸臂间的绳子巧妙地被削薄了一半，但他还得花一点时间和力气才可脱身。

"你，你！"强盗惊呼起来。

我轻声一笑："英勇如你，一定知道该怎么做吧。"

我拂去身上的枯叶和泥土，像仙鹤一样，独自向林外飞奔而去。

你问我现在过得怎样吗？哈，你一定想不到。

我骑着骏马，走过整个日本海岸，穿梭在荒山野径之中，有时会藏身巨石之后，或掩蔽在野蔓林木里。

我，替天行道。

我是一个女强盗。

（写于 2020 年 10 月）

流泪的佛

悟空半卧在大树顶的一根小枝上，轻轻巧巧地摇荡，满天星星在叶隙间忽明忽暗。虫声已悄寂，猫头鹰也疲倦了。悟空却睡不着。

白天不能睡，夜间不能睡，已有好几个月了。两只眼睛却炯亮炯亮，时不时紧盯着面前的什么，仿佛要把它由里到外研究得一清二楚。但他知道自己的脑子像只鸭子的脊背，水汩汩溜过，却什么痕迹也没有留下。胃口却出奇的好，大部分时间都在吃，不住把香蕉、梨子、桃子一一丢进嘴里。当你不能睡又停止了思想，吃是唯一幸福的事。

他不明白为何会落到这般境地。

活了这么些年，他从来都是快活的。他会对懦弱的人生气，对狡猾的妖怪穷追猛打，愚蠢的行为更惹得他暴跳如雷。但这一切对他而言，不过是一场又一场的游戏：闹天宫，捣东海，大战二郎神，一个筋斗可以疾速千万里……每一件事都叫他乐不可支。

跟着师父西行，火眼金睛四处寻找妖精。妖精们全懂得花言巧语，把师父骗得一次又一次几乎被塞进烹肉的大鼎。可那正是使他

白猿图

颜辉 绘　私人藏

精神抖擞的事呀，当他把金箍棒舞得飕飕响，牛鬼蛇神全都无所遁形。无数次生死搏斗，只是在烈火上加炭添油，把他身上的豪气全都激发出来了。

就像隆隆爆炸的烟花，惊艳了整个夜空，引得所有人都仰起头来尖叫。但为什么却又悄无声息地落了幕，只留下一地缤纷的纸屑。

他轻轻叹了一口气。

他被自己叹气的声音吓了一跳。

这样不开心，是因为所有的磨难都已经过去，好玩的事儿却也跟着没有了的缘故吗？

妄想吃唐僧肉的各种妖孽都已经死绝了，花果山上的猴群也换了好几代，小顽猴没一个认识他。师父被封为旃檀功德佛，每天除了诵经，便是翻译佛经，由成为金身罗汉的沙和尚在身边侍候着。八戒现在叫净坛使者，每天欢天喜地从一个寺庙赶往另一个寺庙，把信众们供奉的斋菜吃个干净。

他们都平平安安地活着，跟着太阳起来，让月亮照着睡觉，日出日落。

而他自己，也有个尊贵的封号叫"战斗胜佛"。确实是值得骄傲的名号吧。"从今以后，"佛祖告诫他，"你要严守戒律，澈底断绝贪嗔痴，不可动怒，不能杀生。"这就是说，以后再不允许战斗了。

被禁止战斗的"战斗胜佛"，还能去战胜什么？战胜谁？

他只是干干净净、彻头彻尾的一尊佛。是晒晾在架子上的一张猴皮，被抽干了精血神气的颓废尸体。

他又叹了一口气，在树枝上转了转身子。

仰天大叫呀！惊天恸地的嘶叫，把牛魔王叫出来，二郎神和哪吒也出来！或者再一次冲往天宫去，把玉皇大帝的宝殿捣个稀烂！

怎么办呢？不停地吃，吃完又吃，要吃到什么时候。他是个永生不灭的金刚不坏身，肠胃撑爆了也死不去的佛。

他几乎失声痛哭起来。

这样下去是不行的，他想，我得再去找佛祖。我和他说去。

他于是抖起精神，在树顶上站起来。深沉的大地，夜已半，四野悄寂无声。他一跃而起，翻个筋斗蹿上云端，然后又翻一个筋斗，再翻一个筋斗。风呼呼在耳畔飞掠，带点雾雨的清凉。他很快落到西天的壁崖。

这是宇宙的中心，日月星辰都在这儿汇聚，全都按照被编排好的轨道，规规矩矩绕着灵山转。也许某一天，太阴星终于耐不住寂寞，太阳星也生了气，银河泛滥众星飞坠……

但这是不可能发生的，因为佛祖的大能掌控着一切。佛祖能够，必！定！永！远！能！够！让宇宙在编排好的轨道内运行。

灵山上梵音妙曼，飘浮着檀烟和鲜花的香气，山石草木都染满了绚丽的颜色。悟空的双腿却突然石头一般沉重了。就像冷悄的夜，独自在旷野中徘徊，从蔓草的缝隙间寻找自己的影子，忽地被冷风一吹，寂寞直透进了骨髓。

他跪到佛祖的座前，垂下头。

佛祖微笑着俯视他。

"战斗胜佛，"佛祖说，"汝为何而来？"

悟空抬起头来。

真是慈悲的面孔呀，眼神是柔和清净的月色，笑容是湖面上若有若无的微波。悟空忽然悲从中来，眼泪大滴大滴地落下。

佛祖伸出手，轻轻按在他的头上。

"你是唯一流泪的佛。"佛祖说，"告诉我，何事令你悲伤？"

悟空越想压下眼泪，却越是忍不住，渐渐呜呜咽咽地哭起来了。

佛祖不再说话。

悟空哭了很久。他的一生，一直都是那么勇猛刚强，从来没有失望过吗？也不见得。他只是从不软弱，他只是绝不允许自己软弱。拼着死了伤了，也必须保护那些依赖他的人。花果山上的兄弟姊妹要活得快乐安全，师父师弟一定不可以受到伤害，护送师父取经并平安地回来，是他的责任。一切辛劳和委屈都是他该承受的。

也曾经有过一两次，在漆黑的夜，躺在山野的草地上，八戒的呼噜像海浪澎湃而来又嘶啸退去，师父悠和的鼻息似微风吹皱了池水。他凝望无尽的耿耿星河。天空，他可以自由自在地穿梭，深海，他能够把它捣得永无安逸。但有些事却是他永远无法得到的。

他想起在花果山上，猴妈妈用自己的乳汁喂养崽儿，抱着宝贝们在林子里飞来飞去。躺在妈妈的怀里被亲密地拥抱着，会是什么样的滋味呢？他是从石头里爆出来的猴，没有父亲，没有母亲，这茫茫的宇宙里没有一个是他的亲人。世上的人也好，各式各样的神仙妖怪也好，打他，恨他，瞧不起他，渐渐变得害怕他，敬畏他。但是，没有一个爱他。

连他的师父，那个对妖精也可以温情慈悲的师父，也只在危难时才记起他的好处吧。

悟空终于止住了眼泪。他发觉佛祖的手仍停在头顶，从掌心传过来微微的温热。他几乎又涌出了泪水。

佛祖从衣袖中取出一方手帕，悟空接过，擦干了眼泪，双手把手帕送回去。

"留着吧。"佛祖说，"你有什么事要对我说吗？"

悟空不敢说话，他怕一开口又要哽咽起来。

"那我替你说吧。你看看前面不远处的荷花池，现在没有风，池水非常平静。是不是？"

悟空点点头。

"你错了。躲在水下面有鱼，有虾，有各种细微的生物，它们几乎每时每刻都在互相缠斗，吞吃别人的身体，争夺多一点空间，好让自己存活得长久些，舒服些。水草和莲的根茎也在悄悄地生长，但它们也会被鱼虾吞食，或衰老死亡。每一个生命都在挣扎着。水下面太热闹了，那是一个生死场。"

这，他也是明白的。

"你已是佛身，无饥无渴、无生无死、无爱无嗔。没有谁可以伤害你，没有任何事物可以胁迫你。还有什么事令你不开心？你的烦恼究竟是什么呢？"

佛祖望着悟空那又圆又大的眼睛。这样清澈纯和的瞳子，为何贮满了夜的苍寒。

"把你的生命弄得这样复杂，是天的错，造物的错，恐怕更是我的错吧。三藏取经的路途艰苦而漫长，需要一个保护他不受伤害的人，一个聪明灵活、武艺高强、刚毅无畏的勇者，而且他必须要有一颗纯洁而又绝对忠诚的心。悟空，你知道吗，你就是那最大的惊喜。"佛祖张开右手，伸到悟空面前。长而柔软的中指上，有一行歪歪斜斜的字迹，虽有点脱色了，但"齐天大圣到此一游"八个字的笔画仍依稀可见。悟空忍不住嘻嘻笑了，腮边挂着几滴眼泪。

如来也露出了笑容。"是啊，你以为已经逃出了十万八千里，却原来一直困在我的掌心。真是一场喜剧，我一直舍不得把字迹洗去。你想把它抹拭干净吗？"

悟空摇头："我做过的每一件事都非常有趣，我一点也不介意。"

"那便让这字迹留在我掌中，直到它自然消失吧。"佛祖收回了手掌，"悟空，让佛法东传，是我的使命。你的师父和无数僧人都甘愿为这理想奉献一生。优秀的你，自然也成为这任务中不可缺少的一员。我用强大的法力降服你，用紧箍咒钳制你，使你听命于我，死心塌地。我要你确认保护师父的安全，就是你活着的唯一意义。"

"不是这样的，佛祖，并不是这样的。"悟空说道，"我真心尊敬您，也敬爱师父。保护他并不因为金箍咒的缘故。"

"那很好。九九八十一难是我故意的安排，只为了凑齐玄奘取经的劫数，但真正的苦难却完全由你独自去承受。你快乐或者不快乐，我一点也没有想过。在取经这一伟大的目标中，某些人的哀伤是一点也不重要的。"

"那些都算不得是苦难。"悟空说，"从来没有磨难可以困扰我。"

"是啊。每当我从云端俯视着你，勇敢的、自信的你，在任何困难面前都从不畏缩的你，我总忍不住赞叹。这么可爱单纯，多么难得！我也想，经过这许多劫难仍然生存下来，你会尽情享乐呢，还是潇洒地回到花果山去？但我发觉你不再是自由自在的猴子了，不再是天不怕地不怕的齐天大圣了。"佛祖伸出手来，让悟空把手平放在自己的掌上。那手掌是柔软而温暖的。"告诉我，悟空，你想得到什么？你想去做什么？"

"我不知道。"悟空说，再次触动心中的伤感，"就是因为我不知道……"

"你扶我起来吧。"

悟空用双手扶起佛祖的身子。那样硕大的身躯，原来竟是轻飘飘的，像羽毛一样。悟空惊诧得几乎松开手，忙又一把扶着。

"所以啊，别相信你的眼睛，它会骗你，让你看见虚假的形相。但我今天对你说的话，并不是从这躯体里出来的。你明白吧？"

"明白。"悟空喉间哽咽着。

"从没见过这么爱哭的佛。"佛祖微笑，"你可知道在诸佛和菩萨之中，在所有的信众里，我最钟爱的是谁？"佛祖望着高杳的云天，有千百只凤凰和彩鸟在远处飞翔。"喜欢飞的便让它飞吧，喜欢畅泳的便该投向大海。所谓自然之道，不过如此。"佛祖在崖边的大石上坐下。"悟空，你听好了，你可以有三个选择，但每一个选择都是有条件的。"

悟空缓缓地在佛祖前面跪下。

"你可以留在我身边，日夕跟随我，陪我念经，听我说法。你要脱去一切战斗心，无胜无负，无喜无悲。你将与天地同寿，不灭不朽，受万众香火。你愿意吗？"

悟空仰望着佛祖，一字不漏地小心聆听。

"另一个选择是做一只自由自在的猴子，回花果山或任何山野里去。你身上的一切异能都会被收回，不可腾飞，不能变化，也不再擅长搏斗。但我会保留你千年之寿，除了长寿，你将与普通猴子无异。你愿意吗？"

悟空依旧沉默。

"最后一个选择是，你可以变生为人，你身上所有的异能也同时消失，彻底地消失。你享寿不过百年，但充满智慧，懂得学习，会得思想，能够分辨善恶。你可以享受人世间的一切乐趣，但也得承受生而为人的苦悲。也许你会不断进步，也可能一步一步沉沦，终至自我毁灭。你面对的'妖魔'是防不胜防的，会比你曾遇见过的妖精更邪恶百倍，而你手中再也没有金箍棒了。要战胜它们，只能靠你自己的良心和智慧。人，是世间最痛苦的生物。"佛祖把脸凑近悟空，"你真的愿意吗，悟空，你不害怕吗？"

"您的双目好像天上的明月啊，"悟空想，"没有一点尘垢。"

佛祖也喜欢悟空的双目，那是湖面上湛明的月色。

"我给你一个时辰去考虑吧。"

悟空转头望向天空。他习惯了仰望，望向极高极远的地方。心可以飞驰，直往旷阔的天际。然后他开始说话。他说得很慢很慢，一边说一边想。

"猴子，我已做了一辈子，也总算短暂地成了佛。"他说，"但人究竟是怎样的呢？他们的快乐和猴子的快乐是一样的吗？什么叫作沉沦？"他非常困惑。"沉沦是不是像跌进了流沙河，被吞没在沼泽地？好端端的人为什么会沉沦？还有，那比妖精更邪恶百倍的又是什么东西？"他的声音渐渐兴奋起来："没有金箍棒也能打败敌人，那简直是太奇妙了！我会害怕吗？不，不！"他整张脸闪出了神奇的亮光，"我要做人，我就是要做人！佛祖，就让我变成人吧！"

"只有一生苦修，希望能够成仙成佛的人，"佛祖微笑，"从没见过急着要堕入红尘去受劫的仙佛。你真的不会后悔？"

"不会！"

"你可知道，一旦决定了，改变了，便不可以再回头。你将失去现在的一切，再也变不回来了。你要不要再想一想？"

"我要不要再想一想？我要不要再想一想？"悟空搔着头。"不！"他说，"佛祖，我决定了！佛祖，请现在就把我变成一个人吧！"

佛祖静静地凝视悟空，脸上一点表情也没有。

"好吧。"佛祖终于说，"我会给你一副全新的皮囊，它将与你一起享乐，一起受苦，一起衰老，然后死亡。你得想清楚，还剩下半个时辰可以去推翻刚才的决定。"

"全新的皮囊！"悟空跳跃着，"我会变得像您一般高大吧？会像观音菩萨那么好看吗？"

"那并不是值得眉飞色舞的事。"佛祖喉间有听不到的小小叹息，"我会给你矫健的身体，悟空，你会是个美少年，有猴子的灵活，人类的智慧。"佛祖伸手摘下座旁的一大串红色小果，"这是天竺子，有些还未成熟，有些快将枯萎。每一粒是你生命中的一件大事，会让你哭，让你笑，令你快乐，或生不如死。这一串里有多少粒，我不知道，但每一粒都必然显现，逃不过去。而且你不可以再到灵山来了，既是自己的选择，便不该再求我的慈悲。悟空，你明白了吧？"

这是在警告我，悟空想，这是要我退缩，要我畏惧。

那堆天竺子在佛祖的掌心里滴溜溜地滚转着，越滚越快，像急不可待要跳出如来的手掌，一颗一颗弹起。

"快点决定吧，悟空。"佛祖说，"天竺子一旦落到凡间，一切都无法改变了。"

悟空看着佛祖，然后咚咚叩了三个头。他站了起来。一个漂亮的少年站了起来，像春天的树，向天空伸出了挺拔的身子。

如来把手掌向外一抛，天竺子全洒向半空。它们向四周跌落，像一阵红色的暴雨，在风中旋转着，在激流里翻滚着，迅速地向灵山下奔啸而去。

"你走吧。"如来微笑着，"一步步地走。不要以为你还可以翻个跟斗就到了凡间，你的异能一点也没有了。沿着这崎岖险峻的山路向下面走去，去找你想去的地方，悟空，这是你人生的第一步。"

悟空深深吸了一口气。他又抬起头来，风很大，分辨不出是寒冷的风，还是温暖的风。高旷的天空下是连绵不尽的山。他喜欢那些山脊，像昂首耸背的野兽，呼啸着向自己的目的地奔驰。

别人可以走的路，他也可以走，而且一定要比他们走得更好。

（写于 2021 年 7 月）

幽兰图　项圣谟 绘　私人藏

幽兰露 如啼眼

诗人来到西湖，一个细雨霏微的晚上。

他多年前来过，通眉长爪的美玉郎，白袷青衫怯漾在春风里。柳条上泼泼许多叶芽儿，似初生小鸭子的嫩黄。桃枝刚蹦出了蓓蕾，催得满城都是春的气味。

这次到来，湖里的莲蓬却开始老了，一颗颗心房，半萎了，吊在梗茎上。像笛子吹出来的挽歌，一首又一首，浮满一湖没有尽头的苍凉。剥出的莲子却依旧是青葱的颜色，抓一把丢嘴里，连着莲芯，慢慢咬嚼。那种苦，渗进每一丝神经，苦进血液，苦出了眼泪。他却固执地把那汁液咽下去，百转千回，总要嚼出一点儿甘甜，一点儿清凉。

有点怪，他近来的脾气。总在喝得兴高采烈的时候，谈笑风生的时候，一下子身边所有的人全都消失了，影子也没有留下，气味也没有留下。真干净，白茫茫一片大地，只剩下手足无措的自己。

一定得找个地方，一座坟墓或蜗牛的小壳，整个人蜷缩进去，如同潜入母亲的子宫，被温润地亲密地保护着。

有一个坟，就在西湖边。

他想来这里很久了，在宁静的晚上，独自一个人。但总被这样那样的理由耽搁。

黑暗淹蚀了天空与湖水。木屐子咯咯清脆，诗歌的韵律，打在石子路上。灯笼晃又晃，照出脚前一寸两寸，小洼窿积着的雨水，微微一点儿光亮。

那座六角亭子，亭内有个土坟，幽幽的。

他在亭外静静地站立了一会儿。然后走进去，放下灯笼，脱去雨笠轻挥两下，地上蒙蒙一层水气。

他伸出手，轻轻抚摸墓前的石碑。

"钱塘苏小小之墓"。

静静伫立近三百年，冰冷如斯，寂默如斯。

和春天一起离去了，他的妻子也是。留也留不住，妻和这个苏小小，以及那些妙丽的女郎。

他在栏杆上坐下来。雨慢慢停了，留下一层雾气。夜空高杳，遥遥亿万里。有两三点星光隐约，小小的，像妻怯媚的眸子，在芳香的枕上，散乱的鬓发旁。

烟波幽冥，夜沉重如山。你为何要到这地方来？

因为安静。只有这里最安静。

你来了，就不再安静了。像月亮牵引着潮汐，风惊动了云，波涛会涌起。最平凡的事物也不再平凡。石破天惊，逗翻秋雨，女娲悲泣的声音，你一点都听不到吗？

我的手掌接不住神仙的眼泪。

忧如循环。十五岁开始名动京都，为何总是个不快乐的人。

我不知道谁是真正快乐的人。

应该有吧。譬如一直非常欣赏你的韩愈韩大人。

"嗤"一声笑起来：韩大人父母早逝，自幼孤苦。三次失意科举，最终考上进士第了，又连接三次博学宏词科不第。此后虽几度升迁，却多次被贬。他文采晶灿，可比日月星辰，奈何总是遇上雷暴风霜的天气，一次次要把他的光芒打压下去。你竟然觉得他快乐？

他并非比你更不快乐。

诗人沉默良久。也许吧。因为韩大人还有机会，而我，连一点机会也没有。

他凝望着湖心，远处隐约有一叶小舟，漾着小小的一点篝火。

对不起，这事我也听到了。因尊翁名讳中有个"晋"字，嫉妒者故意挑事，说与进士的"进"字同音，为人子者应该避讳，所以不允许你应考进士第。韩大人虽为你撰写了《讳辨》，仍无法压制这种偏见。这真是最荒唐的借口了。

早已注定了的，人的命运。他说，轻轻抚摸自己的左臂。你知道吗，我这儿有一块胎记，胭脂色，上面几圈绿绿蓝蓝的小点。一只冻僵了的蝴蝶，跌在苍寒的雪地。它将陪伴我一生，如同我的命运。

聪明才智也会陪伴你一生。

是么？到我晚年，聪明才智一定销磨殆尽了，留下的只有胎记。它能否变淡一些，褪去深蓝，只余下落霞之色？

李贺画像

（陕西省图书馆藏，1990 年刘衍著《李贺诗校笺证异》转载）

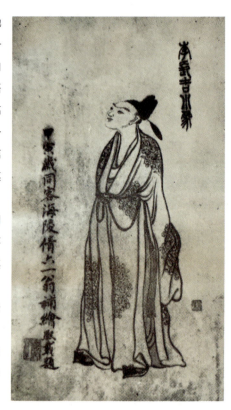

李贺（790-817）字长吉。他一生寥落，只活了二十七年，是一位才高命短的浪漫诗人。人称李白是仙才，李贺为鬼才。他的诗辞语尖新，思想诡奇，情深愁永却又高古明洁，在唐代众多诗人中别开一格。杜牧（803-852）对他的诗篇极度推崇："云烟绵联，不足为其态也。水之迢迢，不足为其情也。春之盎盎，不足为其和也。秋之明洁，不足为其格也。风樯阵马，不足为其勇也。瓦棺篆鼎，不足为其古也。时花美女，不足为其色也。荒国哆殿，梗莽邱陇，不足为其怨恨悲愁也。鲸吸鳌掷，牛鬼蛇神，不足为其虚荒诞幻也。"并赞美他的作品上溯离骚，"理虽不及，辞或过之。"

到那一日，你的皮肤褶皱了，肌肉枯萎了，美不美还有什么关系。聪明才智却是百炼之剑，热泪里淬磨过，碧血中灼炼过，年复一年，它会变得更为锋利。以日增的才智去博弈速逝之光阴，不是非常有趣的事吗？

哦？轻笑一声：原来如此？算命先生告诉我不必担忧晚年，看来我的晚年应该是平安喜乐，无忧无虑的。

湖面上突然一阵哗哗的水声。他转头望去，深夜的湖面被泼了浓墨，山也昏黑，水也昏黑。

那是鱼，你看不见。鱼跃出了水面，又迅速掉头潜进湖心里去了。

它跳出来做什么？它想偷听人们的说话吗？

我不知道。我猜不透鱼的心。也许它只是想看一眼星星的颜色。

一条想看星星的鱼……这些小东西总有令人惊诧的念头。那年，我捉到一只蝴蝶，一只漂亮的大蝴蝶。它痴痴地迷恋园中的牡丹花，缠绵在花心上不愿离去。于是我很容易便把它捉到了，夹进了书页。过了好几年，偶然翻出，那活泼泼，已成了尸体，茫然的大眼怔怔地，不明白自己的魂魄何时失去，如何失去。但它的双翅却依旧明丽，翠艳流光，一点没有褪色。原来让生命在最绚艳的时刻迅速终结，是永久保存美丽的方法。

永远的美丽……但蝴蝶也许不会明白什么是永远吧，不在乎能不能够永远吧。也许它只愿与牡丹相恋，死，也要死在花心上，而不是在书页里。

他不再说话了。呆望着四周的阴黑，久久地。然后闭上眼，把头搁倒在亭柱上。

微凉的夜。也不过是一条鱼，浸在清寒的湖底。掠过鼻尖，小小的蚊虫。悉悉索索，半残的叶子。还有云的脚步，湿润的云，悄然在旷杳的夜空中滑行。

天河夜转漂回星，银浦流云学水声……

他骤然张开了双眼：把这两句铺展开来，不就是一首诗吗！他整个人活过来了，肺叶尽情地打开又打开，深深吸吮晚风的清气。

是桂花吗？他小声问，清香沁人心肺。

这是桂花的季节。在西湖，你闭上眼睛也能从风的香气中分辨出时序。

他四处打量，想找寻桂树的影子。他并不是对植物特别敏感的人，何况夜如深潭，淹没了景物。

闭上眼睛也能从风的香气中分辨出时序……

你想过吗，我们枉为万物之灵，其实最是孤单无助。花木有属于自己的季节，遇上不适合的时间，不喜欢的土壤，可以坚决拒绝生长。人却不能够——不能够选择在什么地方出生，在什么时候死去。不能够挑选自己敬服的君王，不保证一生都享有太平盛世。而我们却又如此敏感多情，为一点点温馨，淹没在无边的忧虑里。简直是最可悲的生物了。

不是的。上天并不曾待薄我们，"天遣裁诗花作骨"，"笔补造化天无功"！正因为具有灵性，才造就了诸般美好。

诗人嘿嘿地笑起来。

你不知道把自己抬到最高的人，全因为活得极度卑微的缘故吗？让我告诉你吧：我，一个小小九品官，有个尊雅的官称曰"奉礼郎"！

苏小小

华嵒 绘 （图片来源：北京中鸿信 2018 年拍卖图录第 0900 号）

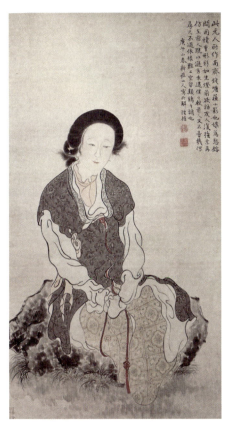

题句："此元人所作南齐钱塘苏小影也。娇为愁镕，闷因情重，形彩如生，灯前欲语。友人复强索再仿。在前人既以逊为未逮，仆之较前人又不啻几何寻尺。不过依样难工，空留类鸦之诮也。庚午（1750年）小春，新罗山人写于解弢馆。"

华嵒，字秋岳，号新罗山人、布衣生、离垢居士，福建人。家贫失学，自奋于事。流寓杭州，来往于杭州、扬州一带，结识了金农、郑板桥等画家，又得当地的盐商巨子马曰琯、马曰璐兄弟所重，画艺日进，声名鹊起，是"扬州画派"的代表人物之一。他所绘人物文秀雅丽，小鸟则生动活泼，使人如闻听其婉转清啼。其笔墨兼工带写，线条轻清宛约，敷色雅淡温润，画面呈现着简约柔和的韵味。

但你可知道那是什么样的职务？祭祀的时候，我为朝臣们安排座次，摆设祭品，赞礼拜跪。巡行时我领着仪仗队和吹鼓手，司仪奉礼。是啊，他们都得听从我的指令，我高喊："向左、向右；跪、起！"我拼尽全身的力量呼喊，确定每一个人都能够听到我的声音。但我的声音，真正的声音，天听到否？地听到否？有人听到了否？

有一次，我几近疯狂，真想当场大声吟诵自己的诗句。他们就该听，跪着听，还得跟着我高声唱诵，几百人一起把我的诗一句句送入云霄，上达天庭。

该当如是！必须如是！那些贪腐的、谄媚的、结党争利的人，整个广场的人，都该齐声朗诵你的诗句！裂岸惊涛，四野回响，把他们心中的污垢都清洗得干干净净：

"羲和敲日玻璃声！劫灰飞尽古今平！"

"角声满天秋色里，塞上燕脂凝夜紫！"

诗人呆了一下，轻轻叹息。

我明白为什么这么多人迷上你了。说说你自己吧，美丽多才，万千宠爱，你一定比我快乐得多。

那不是我快乐的理由。但我确实快乐过。月色朦胧的春夜，在湖边停下了油壁车。西陵桥下，柳荫深处，遇见心爱的人。

结果留下的只有伤痛吧。

这是我一开始便准备接受的伤痛，一点也不意外。身处巨瀑之下，无情风万里急卷而来，千丈激流飞驰直堕，冲击着我，要摧毁我，我的身体，我的心，灵魂也将会被击得粉碎。我只好紧闭双眼，以十趾抓紧泥石，像树的根干，深深扎入大地。与风对抗，与急流对抗，与万物对抗。那种绝望的血泪迸流的感觉，你试过吗？

没有。他闷声说道。没有，我大约只好顺流而去。

我的一生，就像你臂上的胎记，一只冻僵了的蝴蝶。也许有美丽的颜色，却是多余的，无用的。一个女子，无父母无恒产，才华不用于世而只能媚悦于人。浸没在孤冷的冰潭中，日复一日，一颗心却烈火般煎灼。苦吗？累吗？日子久了，渐渐也就没有了感觉。

他转头望向亭外。四周飞漾着一点一点的萤火。微弱的光，短促的生命。

你于是盼望能有一个人出现。你以为自己终于等到了。

当时，天地间就只有这个人，在甜蜜中分咽彼此的眼泪。相爱时的感觉和快乐是确实存在的。

难道一点也不后悔？也不觉得遗憾？

真心爱过怎会遗憾。有人认为他背弃盟誓是没有道德，但若我为了一己之私而伤害了他的父母，毁掉他的前程，算不算高尚的德行呢？谁没有一点浅薄庸俗，谁不会年老色衰。人世间最残酷的，是天长地久。

诗人不禁苦笑。他想起了自己的妻子。她所有的美好在三个月前凝固成一块水晶，在他的心中便永远清润透明。

天与地，可以多长久？

他抚着亭子的木柱，"慕才亭"。湖山此地曾埋玉。你是幸运的吧，遇到一个懂得感恩的人。你当时资助那青年赴考，只因为他的容貌酷似妳失去了的爱人吗？

其实他的一点也不像我爱过的人，一个逐梦的困顿的书生。但柳荫深处，西陵桥下，彼时彼刻，这个人出现了。我一时的善心，换来他高贵的悲悯。

是，他中榜后真的回来了。他准备为你编织怎样的故事呢？

我不知道。没有故事才是最好的故事。他取得功名后再来寻访，正是我物化之时。时间刚刚好。

时间刚刚好？

是啊，我不必接受他的感恩或者怜悯。两性间最纯净的情谊，如清风，如朗月，不沾半点尘俗。

诗人转头望向亭外。月亮不知什么时候出来了，一个小小的银钩。

他是个高尚的人。或者，是你的早逝使他成为一个高尚的人。

是他成全了我，为我营造了陵墓，建这座六角亭子。没有他，我只是西湖万千卑微女子中的一个。一朵荷花，再美也不过是一朵荷花，熬不过漫漫长夏。

一朵荷花……你大约想不到自己会成为流传千古的人物吧。

其实只不过是一个传说，碰巧发生在湖光山色之间，虽然凄美，却无意义。而且年月久远，被人添加了许多枝叶，渐渐连我自己都不确定我那短暂的一生，究竟是不是传说中那样娓腻了。但你不同，以沧海之深博，皓月之高格，把古艳悲愁尽埋于邱垄苍苔之中，荒诞虚幻寄托在鬼神草木之内。你才是个传奇，你才是真正的千古风流人物。

他怔怔地望着湖水，月亮在水面上泛出一层浅淡的光影。

你为何还是如此忧伤？我的话依然不能够令你振作一点？

人们喜欢的不正是我的忧伤吗！我的愁苦给他们带来高雅的乐

李贺《苏小小墓诗》

黄君实 书 私人藏

趣。我的诗可以很好，但不可以比他们好。我可以很出名，但不允许比他们更出名。我殚精竭虑，呕心沥血，到头来只似一个优伶！我和你，和西湖上所有卑微的女子，一点儿分别也没有！

这是荒唐的！不可如此！请千万不要如此！你如仙露，如初阳，令最平庸的事物都有了新鲜的生命。这夜空里亿万颗星星，只有极少数能够永恒。而人们总能从中找到你。

泪水盈上诗人的双目。

你要走了吗？

我的油壁小车就在柳荫下，你可看见？我要走了。因为你的到来，这个平凡的夜晚成了一段美好的回忆。也许你愿意为我花小小心思？黯然销魂，一点点幽玄，一点点迷幻，融进你的心中血中，潜藏在你的灵性里。

湿雾突然在西湖水面上泛起来了，迅速淹没了远山，封住了湖水。四周全是一片灰蒙，连半尺之遥的树木都看不见了。

奇异的芳香却向他飘漾过来，那不是桂花的香，也不是任何香草。那是令他心伤肠断的香气，他悲伤得只想死去。那也是令他软弱的香气，他软弱得禁不住垂泪。

然后他听见车轮缓缓移动的声音，逐渐沉寂。他伏在亭柱上许久许久，全身没了力气。

灯笼里的蜡烛早已熄灭了，天边也露出了薄薄的晨曦。

第二天，一首新诗在西湖边传开了，次日传遍整个杭州城，然后迅速震动了京师。

当然，也惊艳了千古：

幽兰露，如啼眼。

无物结同心，烟花不堪剪。

草如茵，松如盖。

风为裳，水为佩。

油壁车，夕相待。

冷翠烛，劳光彩。

西陵下，风吹雨。

（写于 2020 年 8 月）

我也是一个战犯

　　他们以为我是个废物，我的两个儿子，他们的老婆，和这老街上的人，相识了几十年的人，全都视我为废物吧。

　　但，确实，我难道不是一个彻头彻尾的废物吗？

　　我想念良子，想吃她烧的鳗鱼饭，那是世界上最好吃的鳗鱼饭。我记得她的微笑，她的目光，和暖的，像冬日下午的太阳。她替我揉背的时候，温柔地把脸贴在我的脊背上。

　　但良子不在了。

　　我思念良子，晚间，用被子盖着脸，轻轻啜泣着。

　　我也思念俊，望月俊。他冷吗？在异乡的土地上，孤清的夜，他怎样忍受寒冷和寂寞呢。

　　我常常梦见俊，却从来没有梦见过良子。我觉得不可思议。

　　梦里见到的总是俊，我们一起回到那些恐怖的地方。然后我会浑身冒汗地惊醒过来，悲哀地叫着："良子！良子！"

望月俊，如同他的名字一样，是个静夜里仰望着月亮的俊美少年。

夏目家吴服店与望月家古书店，都是东京著名的老店。我家的店在街头，望月古书店在街尾，相隔也不过十来间店铺。两家人若对站在门口摇摇手，彼此都看得见。俊和父母的居宅就在书店楼上，我们家却另有一幢独立的房子，也不远，走路不过十分钟的样子。

清晨，母亲总会陪着我站在玄关外，等待顺路经过的俊和他的爸爸。望月先生是个严肃的人，那极少笑容的脸令我不安。但他每天都会亲自把俊送过来，让我们结伴回学校去。我们向他躬身道别的时候，先生便会对我和母亲笑笑，对儿子笑笑。于是他的脸一下子亮了起来，映照着和暖的晨光。

我拉着俊的手高高兴兴往学校的方向走去。

"膝盖还疼吗？"俊的左膝贴着大胶布。

俊摇头。"你说，"他低声道，"为什么要我们这样打架？"

"佐藤先生说因为我们最优秀，要训练我们成为最坚强的可以征服世界的人！"

"征服世界啊。"他说，用鞋尖踢着路边的小石子。

那一年，我们还在小学，九岁，我比俊大三个月。

学校里功课很多，但体能的训练更多，每天都有体育课。跑步是必须的，另外翻滚、跳高、倒立行走，冬天要游泳，赤脚在雪地上奔跑，举起竹制大长刀向对手砍过去，张开喉咙勇猛地喊："嗨！"

我喜欢跑，长跑，跑几个大圈子，大家全都累了我却一点也不累。我也喜欢倒立行走，两只手掌在沙石上交替撑着向前奔去，拼命要越过前面每一个小孩。瘦长的俊则是班上跳得最高的人，快跑十来步，然后双腿一曲向上弹起，燕子般轻轻巧巧飞过了竹竿。

俊从小便被父亲严厉地督促着：古诗要背熟，日文汉文都要写得好。到我们入读高中时，他的汉文已很流利了。老师高兴地夸赞："望月君，你将来一定会被派往东北去当长官。"但我知道俊并不想当长官，他喜欢念汉诗也并不是为了往东北去。

我家有个精致的庭院，夏天的晚上，我和俊喜欢在那儿乘凉。有一次，台风刚过，天上满满都是星星，远处小小一弯月牙儿。俊忽然念了一串诗。

"什么？"

他又念了一遍。

"不懂。什么意思？"

"在天上，我愿和你是形影相随的小鸟。在地下，我与你是同根交缠的树枝。"

"哦。"我看着他笑："是写给班上的淳子吗？"

"才不是！淳子她怎会听得懂！那是唐朝一个大诗人写的诗，唐朝你可记得？"

"上学期老师说过鉴真大和尚。"

'就是鉴真大和尚来到日本之后不久的事吧。大唐皇帝和他最宠爱的妃子在星夜盟誓，两个人不离不弃。但后来遇到危难，皇帝为了保住皇权，还是把她绞死了。"

"用诗来写故事，真了不起！"我说："但是，阿俊，那可算不得什么盟誓，不过是愿意一起飞，并没有说要双飞一辈子。"

俊有点诧异，怔怔地望着天空出神。

"说的也是，"他慢慢说道，"我倒没想过。但难道不是个丢脸的皇帝吗！你会不会绞死自己最爱的人，谦二？"

"如果她不死，我就得死吗？"我问："那，那真不好说。"

俊不说话了。选择自己死，或是让别人替自己去死，回答一定是冷酷的。

"她啊，其实并没有死去，有真正爱她的人暗中把她送到我们的西京来了。"

"我知道了！那是故事里的杨贵妃！她真的来到日本了？"

"谁知道呢？"他说："过去了的事，我们能够知道的，全都是别人愿意让我们知道的。不想我们知道的事，一句都不会说。"

"胡思乱想是你的毛病。"

他笑了。"夜深了，我该回去了。"他站起来，却没有移动。想一想，又说："历史全都是没有办法去证明的。我们只能选择相信或不相信，是不是呢，谦二？"

昭和十六年（1941）的冬天比往年都冷，霜风寒气像寻穴的蛇，稍有空隙就钻，直要钻进人的骨子里。我发觉母亲不再穿锦衣丽服了，夏目吴服店的女主人，一直都是优雅而体面的。现在她换上粗布绵衣，花布围裙，还用帕子包了头，每天匆匆忙忙出去，有时晚饭也不回来。

我不开心："妈妈忙什么去了？雪子阿姨烧的饭不好吃。"

父亲的声音冰冷："吃这个很不错了。妈妈和夫人们都要去军工厂，赶缝棉衣和军帽，在严冬前得送到前线去。她忙得连吃饭的时间恐怕也没有，你坐在这儿还敢抱怨！雪子，夫人的晚饭好好温着。"

我只好回到自己的房间。已经是一个硝烟的世界了吧？有一种恐惧冰冷冷地浸满我的全身。陛下的命令是要遵从的，但明年要考大学了，东京大学或早稻田大学，物理学是我从小的梦想。我打开窗户，冷风一刹间吹了进来。没有云的天空，一片漆黑。

有一天，母亲回来早了，亲自做了寿司和天妇罗，我欢叫一声，狼吞虎咽。

母亲微笑着，"我们的谦二长大了"她说，"真是个精壮男子。"

我把汤喝得啜啜响。

吃过晚饭，父亲说："谦二，你跟我来。"

我跟着父亲进了书房。母亲也进来了，转身拉好门。父亲拿起香烟盒子，抽出一枝，我替他点火。

"谦二，"父亲说，半张脸藏在烟雾里。"你快满十七岁了。"

我没有回答。没什么好回答。

"你要娶妻，明年三月生日后立刻替你办。"

我抬眼望着父亲。这是说，已经收到我的入伍征召书，我快要去打仗了。

这几年一直派兵往国外打仗，从东三省南扫太平洋，电台广播每天震天震地向全国公布的都是好消息。但许多精壮的男人在战场上却一直没有回来，渐渐连十六七岁的男孩也被征召入伍了。政府一次次把法定的结婚年龄往下调，让孩子们早早生子，预留下一代。

"你有要好的女朋友吗？"

我摇头。

"有看上哪家的女孩子吗？"

我又摇头。

母亲看着我："良子，良子怎么样？"良子是母亲妹妹的女儿，我的表妹。

我觉得难为情："她那么小！"圆脸，剪着齐留海，笑起来露出小犬齿，一个小跟屁儿。

"已经十五岁了，现在女孩子的适婚年龄是十四岁。"

父亲默默吸着香烟，等了一阵子。"没有意见吗？"把烟蒂塞进烟灰缸，站起来说："就这么决定吧。"走了出去。

母亲靠到我身旁："谦二，"拉起我的手："谦二。"

我看着她。"妈妈，家里有了良子帮忙，你可不要再劳累了。"

母亲流下泪来。

"别担心，妈妈。我们从小接受训练，每个暑假都在军营里，早就习惯了，也不过是那么一回事。"我对母亲笑笑："妈妈不是说我比小鹿跑得更快吗，我会飞跑着回来的，妈妈你安心吧。"

我把母亲送回睡房，然后走出家门，走向望月书店。我看不到月亮，天上只有浅浅的星光。我在地上寻找自己的影子，没有影子，也许有，却淡弱得看不见。

然后我看见一个人迎面走来，俊迎着我走来。走到前面，两人都停住了脚步，对望了一阵。俊转身和我一起并肩向前走去。我知道他想说什么，他也知道我要告诉他什么。

书店后街不远处有个小小的神社，庭院里种着枫树、松树和各种花木。但这是一个暗黑的夜晚，一个错误的季节。我们不该在这个时间到来，在这个季节到来。此刻樱花已谢，梅花未开，颜色和香气都已被埋葬。我们踏进一个幽昧的世界。

各自倚着石栏，相隔三两尺，对方的脸都在松荫下，幽幽地看不分明。

"谁呢？"

"良子。"

俊笑了，在黑暗中露出白色的牙齿：「可爱呀！小小的，粉嫩的雏菊的样子。」

我哼了一声：「你呢？」

'你会取笑我吧。"俊说，"淳子。"

"我就知道！班上最漂亮的女孩，成绩又那么优秀！"

"不是的，不是你想的那样。"俊抬起头来，望着深沉的夜空。"我渴望的，是要超过这一切，比这些都更好，好很多很多，人世间最完美的一个女孩。但我没有时间了。"他的语气有点悲凉。"与其让他们随便给我找一个，不如就是她吧，至少是认识的，至少是不太差的。"

我说不出话。

"我们这一生，谦二，恐怕都不会有恋爱的机会了吧。那种辗转反侧、魂牵梦绕的滋味，患得患失，摧心裂肺，无尽的相思……但愿小说和电影里的爱情全都是骗人的。这样我便不曾失去了什么，错过了什么。"

"但至少，"我安慰他，"至少在战死之前，我们可以先做个真正的男人。如果连女孩子是什么也不知道便死去，不是加倍地不幸吗！"

俊转过头来看我，痴痴地笑："那跟恋爱结婚又有什么关系呢。"

"那便给父母留下一个孙子吧。我们不在，他们会寂寞的。"

他收起了笑脸，垂下头："是，他们一定会寂寞的。"

那个冬天特别长，一直冷到第二年的春末。昭和十七年（1942）的春天一点没有春的意思，直到良子嫁到我家来，我才发觉春天原来非常美丽。

意外地，我非常喜欢良子。良子小时候常爱跟在我后面转，像湿了水的面团，令人烦厌。但原来她这么好，说不出的好。这半年的时光，也许就是我和她一生的岁月。她急于把所有的美都对我绽放出来，有时娇笑，有时泣啜。而我，每分每刻都想把自己交给良子。

七月，我、父亲、母亲，和怀孕两个月的良子，连同俊的一家人，坐火车一起往郊区的训练营。

"包裹里有厚内衣"母亲说，"良子给你打了三双毛线袜子。"

良子低着头，怀里抱着个大包袱。布上紫色的菖蒲花瓣图案，湿了一个小圈圈。

俊的父亲一直在吸烟。在训练营门口才抬眼望着儿子："带一颗干净的心回来，"他说："带一颗干净的心回来见我。"

我们被编排在同一个小队里。晚上一大群孩子一起睡在榻榻米上，有些年纪比我们大一点，也有几个比我们更小的。俊想睡在我旁边，但我们被分派在两个不同的角落。

文静怯弱的俊，一到射击场，却完全换了一个人。

他几乎从来没浪费过一颗子弹。只要举起枪，那颀长的身子立时会绽出光芒，沉静而潇洒的姿容，迎着清风与绚丽的太阳。他是骄傲地挺立着的白鹤，斯文却矫健，蓄势待发，一旦振翅必长唳直上苍穹。那管枪似是和他一起出生，一起长大，本来就是他身体的一部分。他举起的不是枪，而是他自己的手臂，发出去的也不是子弹，而是脑中的意念。心意一动，子弹已经射中目标，就连走动着的鼠兔也无法从他的心意中逃脱。那样准确的神奇的命中，连教官都大大吃惊。

"你一直在练习枪法吗？"

"就是在学校和暑假营里接受过训练，教官。"

教官看着他，确定他没有说谎，便点点头，走了开去。

"兔子在跳，你把枪瞄准兔子是不行的。"俊告诉我："你得判断它跑得多快，走哪个方向，迅速对准它前行的地方开枪。你的子弹飞到了，兔子也刚好乖乖地把头送上。"

"但如果兔子犹疑了呢？走回头了呢？"

"犹疑或者回头之前，身体是有信号的。"他说，"也许是耳朵，也许是眼睛，就那么一秒两秒，透露出一点点不易觉察出来的神态。你得即时决定，在它迟疑着想改变之前立刻干掉它，或者抢在它之前射向它的新方向。"

呵，真是这么轻松容易的吗？

望月家很快捎来了音讯，俊的妻子也证实怀孕了。他高兴得想跳跃、想大声叫，却又怕被长官责骂，于是只在喉咙里咕咕，掩不住地偷笑，骄傲的、心满意足的一张脸。他是那么漂亮。望月俊是训练营里最漂亮的少年。

　　我们在集训营只有短短数月，因为前线急切需要补充兵员。昭和十七年（1942）的初秋，枫叶还没染红，我们便被派往中国，编入后备部队，驻守在洞庭湖附近的基地。

　　开头的一个月，每晚都往野外实习。山地一片漆黑，我们在挖满战壕和藏有暗伏的山野里学习拼搏求生。我短小结实，但从深挖的战壕爬上来也得费点力气。俊却可以双腿弓曲，迅间弹起，然后脚尖在壕壁上一蹬，便如一头奋然而起的大鸟，勇猛矫捷，在半空中一只脚已顺势踢了出去，快如闪电，俯在战壕边沿准备向他袭击的小兵即时向后翻倒。

　　"好！"教官赞了一句，"但，望月君，注意旁边或有更多的敌人。"

　　下午，教官在挂着大地图的课堂里讲课。我一向对地图有强烈的爱好，听得特别入神。

　　"我们早已占领了他们的首都南京！"教官洪亮的声音充满自豪。"他们被迫迁都往重庆，称为'陪都'。武汉也被我们攻下了，又在宜昌外围夺得大片修建机场的空军基地，取得江汉平原富裕的产粮区。只要进入四川，夺下重庆，就是终极的胜利！"

　　从武汉往重庆，最便捷的途径是沿着长江西去，但三峡奇险却卡在两城之间。中日两军在这一带对峙多年，一山一岭、一村一镇地争夺。今天攻占了，明天又被抢回去，一直在纠缠。

第一次上战场，俊就杀了人。

就在山野上，不远处的土壕下突然探出大半个人头，向俊举起了枪。我还来不及惊叫，俊手臂一伸，长枪连着身体迅间向前推去，枪尖上的刺刀光芒急闪，那士兵的血一刹间全喷向俊的脸，身子却直直向后翻倒。一颗子弹同时歪斜，从俊的头顶上飞啸而过，他背后的一棵大树落下许多碎枝乱叶。

俊用手向腮边一抹，鲜红的血，那小兵的血，一滴滴沿着手指流淌。他高声惊叫起来，大力拭抹着，急乱地挥着手要把鲜血摔出去，那声音，像悲嗥的野狼。

倒在土坡下的小兵也是个小青年，也不过十七八岁的样子。

俊一直在颤抖，但他没有可怜别人或为自己痛哭的时间。杀了第一个人，哭也好，夜里作恶梦也好，熬过去，心也就硬了。对手活着，自己就得死，那一秒钟绝不让你稍有犹疑。

昭和十八年，1943 年春末，部队转来我家人的信息，良子产下一对双胞胎男孩！我抱着俊大笑大跳：我是父亲了！我是一个真正的男子汉了！

不久，我们接到命令：准备全力进攻重庆！

"由武汉往重庆，陆路得翻越崇山峻岭，不但艰苦而且旷日弥久。"长官语气严肃，"所以我们一定要夺下江边的守地，可以沿着长江西去。他们已经失去了武昌、南昌和宜昌，只剩下宜昌西部的石牌小镇和附近一带的山头可以死守。"他在地图上指出石牌和附近的地形，"只要攻下石牌，军队便可以顺利穿过，直扑他们的"陪都"重庆。我们的胜利指日可待了。"

我那年轻的跃跃欲动的心，一下子觉得非常紧张。

五月下旬，我们从基地出发，沿着长江，在支流的石壁登陆，分几路推进，以迂回的路线围攻石牌。飞机密集地轰炸对方的防御阵地，猛烈的炮火后是连天苦战，我终于亲自见识到双方军队的坚韧。每一寸土地的攻进都是艰苦的，每一寸土地都留下一大滩鲜血，他们的血和我们的血。到二十五日傍晚时分，双方终于暂时停火，稍作休整。

伤、残、疲倦，每个人都又饿又累。经过一个小村子的时候，长官说："去吧！一个小时后集合。"

于是一哄而上。村子里的人大多走光了，一个女人也没有。大家只好找吃，稍为有用的东西都抢走。剩下几个老弱的人，也随便一刀下去。刚从惨酷的杀戮场出来，死亡不过是那么一回事，人，也不再是人了。

我和俊塞饱了肚子，并排走向村外。村口有个小池塘，黄昏的颜色浮在水面上，薄薄的雾气，风特别清凉。

"看见那边的一丛竹子吗，"我说，"我家的小庭院里就有这种小竹，记得吧，碧绿碧绿的，叶子比别的竹子细长。"

"我家也种着，就在我卧室的窗外。深夜，会听得见细雨打在叶子上的声音，风吹过的声音。"他说，"有一夜，沙沙的声音特别响，雨下得好大啊，我想，拉开纸扉，却意外地看到满院子清明的月光。原来没有雨，是风，刮得急，一阵阵飞掠而过，叶子便簌簌地响。我听到的不是雨声，是竹叶子，竹叶子在梢枝上颤抖的声响。"

我们并排着在池塘边站了一会儿，俯身用池水洗脸，也清洗一下系在腰间的毛巾。

俊抽出一支香烟递给我，我摇头。他便放在自己的唇间，拿出火柴。他一连用了三根火柴才把香烟点燃，深深地吸着，喷出一团团浓雾，鼻子眼睛全变得隐隐约约。

我忽然注意到竹林密处有个小草棚，似乎有什么东西在漾动。

"那是什么？"我向小草棚走去，俊跟在我后面。靠近一点看，是被风吹起的残破衣裳。一个女子俯伏在泥地上，衣裤大多被撕脱了，身上许多被抓伤扭伤的痕迹。她大约想逃进草棚，背后却被刺了好深的一刀，流了不少血。

俊蹲下来，翻过女人的身子。我看到她的脸，小小的一张脸。那是个非常年轻非常美丽的女孩，才十四五岁的样子，一朵刚出水不久的小荷花。她双目半闭，正在轻声地抽气。脸和双手的皮肤虽被晒得棕黄，平日掩在衣服下的胴体却腻滑晶莹，像最精致的丝缎。还没完全成熟的胸脯上，缀着两颗胭脂色的小红豆。

这不是良子吗，幼嫩的良子，我春花似的小新娘。

我的心一下子柔软起来。

我和俊对视一眼，一起跑过去，合力把她挪进草棚里。

那少女已奄奄一息，大约遭过不少凌辱，事后还被深刺了一刀。但此刻她仍是令人无法移开眼睛，可爱的小肚脐随着艰难的呼吸，高一下低一下地起伏着。

我们把她挪进草棚，放在破草堆上。可怜的女孩。我拿出湿毛巾轻擦她的脸，拭抹胸前的血迹。我要把她全身都清洁干净。我拭完又拭，拭完又拭。俊也跪下来，用湿毛巾拭擦她的大腿，小腿，她美丽的小小的脚趾。她的身体像一尊精致的白玉雕像。

我的手停在雕像上，抬起头来看俊。俊也正看着我。都不说话。

我和他，从小就分享着彼此的喜怒哀乐，所有的想法和行动几乎都是一致的。

但这样子面对面……

只是，没有多少时间了。

我们的眼睛对闪了一下，迅速行动。玩着闹着，不知如何竟然抢撞起来了，轮流在旁边助威呐喊。

"好像是快没气了。"我终于说。

俊站起来，背着我整理衣裳，哑着声音说："别再受折磨了吧。"

于是我一刀剁了下去。

我扣着皮带，突然想起家中的吴服店。店内有一个精致的衣架子，母亲总是把每季最美丽的一件衣裳挂上去。金丝银线绣出来的花纹，有时是翱翔着的千羽鹤，有时是富士山上的晴雪，高贵美丽，洁净无瑕。两只衣袖穿过衣架的长木条，像张开双臂等待拥抱的美女。

那一晚，队伍露宿在山野上。我疲累至极，却不能入睡。

是，我们年轻，每天都与死亡擦肩而过。但我们不是很有理想的、个性高洁的年轻人吗？老兵们的丑态不是常常令我们恶心吗？我和俊，从小便钦慕仁勇克欲的传统道德，互相鼓励一定要有完美的高尚的人生。

俊在喃喃自语。我叹了一口气。

"你在数什么呢？"我问。

"想算算这几个月里，我亲手杀了多少人。"

"别算了，傻蛋。"

俊沉默了。"我在想，"他低声道，"每家每户都有门锁，小偷或强盗进来都是犯罪。我一个外国人，拿着武器在这里算什么？"

"胡思乱想是你的毛病。"

他不说话了。我的头开始发沉。

"谦二。"

"嗯。"

"下个月是我的生日。"

"我记得。"我说，"六月二十，阿俊，你要满十八岁了。"

"十八岁。是啊，十八岁。"他轻轻地说。"算算日子，淳子该生产了吧？一点消息也没有。"

"这战地里，消息总来得晚些。"

"也是。如果我家生出的是个女孩，我们结成亲家吧。"

我说："好。"

他沉默了好一阵子，又说："我希望是男孩，我那久病的哥哥是不会有后代的了。如果是女儿，谦二，能让你家一个儿子入赘吗？"

我声音昏昏："你这么年轻，回去还可以再生孩子。"

俊哑着嗓子低笑，那笑声吓得我重又张开双眼，毛发直竖。

"望月俊！"我小声喝道。

石牌及附近地图

"我不知该怎样活下去了，而且谁知道能不能再回去呢。"他看着天空，黑沉沉的天空，他的脸流满了泪水。"如果生下的是女儿，如果我回不去，"他又说"让你一个儿子入赘我家，可以吧？"

我握紧他的手："俊，我一定答应你。但也请你答应我，一定要和我一起回去。"

他又哑笑起来："这难道是我们能够自己作主的吗？"

我们的任务是攻下石牌。

石牌紧贴西陵峡，是宜昌县内的一个小镇，人口不足百户。三峡汹涌的浪潮到这儿突然被逼成一百一十度的急拐弯，两岸石壁如削，陡峭奇险，是个易守难攻的天堑。中国军队安装了十尊大炮，防守严密，这个生死险角是整个战役的关键。

血战了多天，我们一步一步向石牌迫近。到五月二十八日，司令部集中海陆空三军十万人，下达了最严厉的命令：死攻石牌！

那天早上，我们用热汤混着米饭和面条一起吃，意外地还发现汤里有几片菠菜和碎肉。俊捧着杯子，怔怔地有点心不在焉。

"你啊，还不趁现在快点吃！赶快吃饱！"坐在俊旁边的一个老兵瞅了他一眼。

我不喜欢那老头对俊说话的腔调。"你什么人？"我大声斥喝他。"吃不吃碍你什么事了？"

"嘿！水壶和干粮都要带着！"

我还要吆喝，俊说，"你别嚷了吧！"两三口把饭吃完，汤也喝干净。

只不过是几个小小的山头，我们竟然久攻不下。空军也赶来支援了，炸弹和火炮密集地投掷，土翻石塌，树木被炸成破片，混着鲜血，几乎没有一寸土地是干净的。只要中间有一点空隙，我们就有一个小队钻进去抢攻，一寸一寸迫近他们的主力中心。

苦战持续了两天两夜。到第三天，两军太过接近，飞机的威力已经没有作用了，空中轰炸容易伤及自己人。炸弹和炮声越来越稀疏，只剩下密集的枪响，猛烈而急促，一直没有停止。然后，慢慢的，连射击的声音也疏落起来，终至完全听不见子弹的飞啸。

子弹已经耗尽了！

战场变成一个热油锅，乱哄哄，每个人都在疯狂嘶喊，日本话，中国话，各种方言。谁都听不清谁，谁都听不懂谁，只是扯直喉咙向对方怒骂，还有满耳金属交击的声响。

在曹家畈和大小高家岭一带，山头似个斗兽场，彼此相互撕扯，乱成一团，怒眼瞪着怒眼，誓要把对方吞噬下去。

血肉飞溅，一场惨酷的埋身肉搏战。

站在我面前的威猛汉子，咬着牙把手中大刀向我砍落。我忙举起长枪挥挡，长枪上的刺刀经这数月的战斗，已经多处崩裂，两刃相碰，"咔嚓"一声，刀尖登时飞脱了一小截，尖刃直向他的脸上飞去，刮破一片淋漓血肉，我手中的断刀也瞬间刺进他左边的臂膀。他一声怒吼，又再挥刀直砍我的头颅。我的一个伙伴刚好在他后头，危急间手起刀落，这人登时歪了脖子，身子直直扑倒。

我来不及喘一口气，旁边又冲过来一个精瘦的小兵，手执一根大树枝要拍打我。我侧身闪开，断刃一挥，那树枝登时破裂。他怒声恶骂，扑过来要抢我的长枪。他一手抓着枪，另一只手用断枝上参差的刺尖猛插我的脸，狠狠拍打我的头骨盖。血一直流下来，几乎把我的双眼全糊住了。

我咬着牙关拼命把枪抓得紧紧的，一小寸一小寸地扯回身边。渐渐地他抓住的已不是枪，而是枪上插着的刺刀。我奋力要把刺刀从他的手掌中拉扯出来，他的血一直往下淌，许多血，连手指都快要断裂了。他终于愤怒地松开了手掌，拼命踢我，举起树棍拍打我。但四面全是混战的人群，互抠互撞，疯癫一样，一下子把他挤往旁边去。他于是扑向另一个人，枝棍乱打在那人身上。

完全没有战术了。已经不知道自己是人是鬼，已经忘记什么是生什么是死，脑中完全空白，只是机械地砍着，杀着，碰到不同军服的人便打，白刃进去，红刃出来。兵器坏了，抄起树枝，拾起石头，叉脖子，撕耳朵，扑到身上乱咬。再也分不出溅的是自己的血还是别人的血，脚下踏着的是战友还是敌人的尸体。残躯破肢乱七八糟摔在血地里，一堆堆都成了小山。

看见过野兽搏斗吗？那远远不及这战场残酷。

这几天的激战，双方伤亡都盈千累万。我们却终究没能攻下石牌。

残酷的石牌战役终于保住了中国政府在重庆的政权。

但我顾不得这些了。

我在撤退的残兵中焦急地寻找俊，我的好友望月俊，叫着他的名字，不断询问每一个残兵："你们看见望月俊吗？有谁见到望月俊吗？"我一边找一边流泪，然后哭起来，大声痛哭起来，哭得很厉害，我不想活了。

我的好友，那漂亮的、与我分享过快乐和迷惘的少年，成为荒野中一具无人认领的破碎的尸体，从此在我的生命中永远消失。

第二年，我在另一个战场上成了残废。

时间刚刚好，我回家了，没在战地上逗留至战败投降。良子洗涤着我断腿的伤口，我伸手拭抹她的脸腮，那儿流满她悲喜交加的泪水。

我问良子："每家每户都有门锁，小偷或强盗进来都是犯罪。我一个外国人，拿着武器去那边干什么？"

良子抽抽咽咽："你，别说傻话了吧。"

我于是哀哭起来。我明白俊当初说的话了：我不知该怎样活下去。

我也是一名战犯，本应该为我的罪过而死去。

（写于 2020 年 5 月）

补记：

写《我也是一个战犯》，是一次沉重的体验。

1941年珍珠港事件后，日本逐渐陷入了中国战场和太平洋战场两线作战的困局。为了扭转被动的局面，日本希望尽快解决在中国的战事。1943年5月，下令集结海陆空三军十万余人，企图直逼当时的"陪都"重庆。石牌天险成为保卫重庆的最后一个关隘。临危受命的是陆军第十一师师长胡琏（1907—1977），兵员只有四万。上级询问有无把握，胡琏铿锵回应："成功虽无把握，成仁确有决心。"

他给父亲和妻子预留了绝命书。在写给父亲的信中，他说：

"儿今奉令担任石牌要塞防守，孤军奋斗，前途莫测。然成功成仁之外，当无他途。而成仁之公算较多。有子能死国，大人情亦足慰。"

决战前夕，胡琏带领全体官兵宣誓：

"陆军第十一师师长胡琏，谨以至诚昭告山川神灵：我今率堂堂之师，保卫我祖宗艰苦经营遗留吾人之土地，名正言顺，鬼伏神钦，决心至坚，誓死不渝！

汉贼不两立，古有明训，华夷须严辨，春秋存义。生为军人，死为军魂！后人视今，亦犹今人之视昔，吾何慊焉！今贼来犯，决予痛歼，力尽，以身殉之！

然吾坚信苍苍者天，必佑忠诚。吾人于血战之际，胜利即在握。

此誓！"

那一刻，一定有天风怒号、巨浪奔啸。浩瀚的长江以万丈惊涛，千堆飞雪，回应着这些铮铮汉子。

我，以及比我晚生的一代代人，何其幸运，生长于和平丰盛的年代，享受最富足的资源。于是我们以为世界一直都是这么太平昌盛的，以为幸福都是我们应得的，不能满足我们就是对我们的亏欠。

我们是如此浅薄，自私，狂妄而贪欲。

也许我们应该在镜子前细心检视自己，看清楚我们的背后有什么，我们的祖先经历了什么，然后清洗脸上的灰尘，涤去心中的污垢。

只有确定自己是干净的，才可以坦然面对天地，畅朗前行。

伍子胥的眼睛

我们被挂在城门之巅，我和我的孪生兄弟。没有了眼皮的保护，我们像两点虚弱的萤火。

如刃之风，自穹苍的幽杳处，越过千山，挟着冰雪来割宰我。

眼皮已经与主人一起被封闭在鸱枭皮制成的革囊里了。它们也许还在江中浮游，或者已奔赴沧海。

波无涯，生有涯。不复相见了，各自求安吧。

亲眼看见过那么多纷争起伏之后，现在我终于明白，所谓好与坏，忠与奸，善与恶，还有爱和恨，全都是可以改变的。与我共生且亲密相依的眼皮，也只不过是合作的伙伴而已。保护我是它的责任，它喜欢我也好，厌恶我也好，完全没有主动权。就像我服务于主人，欢欣的事和悲伤的事，慈悲的事和罪恶的事，没有一件不是我最先看到了，才传到他的脑子里去的。可是他在心中如何推敲、琢磨，我却一点也不知道。直到作出决定之后，他会狂笑，会发怒，然后拉着队伍去杀人。杀什么人，怎样巧妙地去杀人，全盘算得清清楚楚。

人心，大小不过三寸，竟曲折幽深直通阴曹地府，险秘不可测。

主人刚从母亲的子宫里钻出来的时候，哇哇哭叫，声音像被小鬼追打着似的惨烈。在舒适宁静的地方生活了整整十个月的眼皮，被这突然的嚎哭吓倒了，上下两片睑倏地张开，强烈的光，灼炙的锋芒，一下子利箭般刺痛了我。这惊恐如此刻骨铭心，它让我时刻感受到刀光与哀号。在往后漫长的岁月里纠缠着我的，是更多濒死前的喘息，和令人恶心的血腥味。

我最后和主人在一起，是飘着雪雨的黄昏。吴王的使者捧来一把宝剑。

那是大王随身佩戴的宝剑，剑鞘和手柄都镶满精致的鎏金虎纹。主人让我安静地审视它，仿佛要把每一条虎纹都刻进自己的脑子里。然后他抬起眼来，看着使者。使者也一言不发地回望，这胖小子平日嬉笑的脸此刻像石板砌成的一堵墙，不透半点消息。他们对望了许久，然后主人仰起头哈哈一笑："阳光全被烟云遮盖了吗？大王，是我的功劳令人畏惧了吧。匡扶您坐上王位，降服越王，千辛万苦消灭了楚国，我是一点遗憾也没有了。但您放了越王勾践回国，以后的日子恐怕不会好过了。"

他取过宝剑，向上面呵几口暖气，取出一块鹿毛软皮，小心地把它拭擦了一遍又一遍。宝剑的寒光，森冷冷的，像封冻千年的冰川一样。

"可惜啊，英雄不死在沙场，竟然死于小人口舌！"他微笑地看着最亲近的几个将士，"我死后，一定要把我的眼睛挖下来，挂在都城东门之上。越王是早晚会带兵前来的，就让我亲眼看看那流满一地的鲜血吧。"他手臂一挥，宝剑的光芒一闪即逝，一滴血也

　罗生门外竹林中

没有流下，他的身体像铁柱一般矗立着。

我和我的孪生兄弟，便被挂在城门上。

"风刺得我好疼啊。"右眼说，"眼皮呢？眼皮哪里去了，哥？"

"没有眼皮了。眼皮和主人一起被塞进了猫头鹰袋子里。"

"我的眼皮……跟随了我一辈子忠心保护着我的眼皮……"弟很伤心，"怎么就被丢进大江去了呢？江水一定很冷吧？可怜的眼皮。"

"你真是个痴傻的家伙！"我叹息，"谁会对谁真正地忠心？它一直保护着你，只因它生来如此。设若它生在豺狼身上，它保护的是豺狼，生在蟑螂身上，保护的是蟑螂。它无可选择，身不由己。"

"你简直在胡言乱语！"右眼生气，"我们的主人不是尽忠于大王，尽忠于吴国，至死不渝吗？"

"啊？但主人本来是楚国的人呀。楚王杀了他的父兄，他于是发誓必让楚国覆亡。看来你真的是忘记了。"

"我没忘记，怎会忘记。"弟说，"但楚王是多么昏聩残暴的一个人！主人四出奔逃求一处容身之地，每一寸土地都燃烧着烟火。我们先投向宋国，宋国内乱，主人又带着太子建辗转流亡到了郑国。"

"郑国对我们还是很不错的吧。"

"那倒是，亲厚而且完全信任。其实，太子建何苦要听信晋王的挑拨呢？"

"他以为可以在郑国作内应，与晋王一起把郑国灭了，好瓜分他们的土地。"

弟在喉间发出一声叹息。

"能够把一个人彻底打败的，是他自己的贪念吧。"我说，"可惜他们的计划终究是败露了。郑王杀了太子建，主人只好又四处亡命逃窜。"荒冷的野地，枯草被狂风吹得簌簌响。那些乞食的日子，凛烈的风霜，多少次我以为再也熬不过去了，竟幸运地终于投奔到了吴国。

"因为主人从来不会放弃，哥。主人是个真正的英雄，他是最坚忍最刚强的勇士！"

"历经这么多磨难而最终能够达到目的，也算得上是个英雄。"我说，"但主人是太子建最信任的人，多少年了，两个人一起出生入死。勾结晋王、筹画瓜分郑国这样的大事，你觉得主人一点都不知道？他们没有拉他一起商量？你以为他完全没有参与这恩将仇报的勾当吗？"

右眼想了想。"你这是什么意思，哥？"他说，"这样子编排自己的主人，不怎么好吧。"

我叹气。"我在这城头上，静静地把过去的事情想了一遍又一遍。人的心难道真似一条独木桥，窄窄的，只容得下自己的双脚？仇一定要报，恩情却可以泯灭，为了安全到达彼岸，必须把迎面而来的人一个个都摔到桥下去。"

弟一声不响。

"主人把对楚王一个人的仇恨，变成对楚国的仇恨了，他利用吴国的力量攻打楚国，连年征战，血沃村野，祸及全楚国的人民。他自己的心愿达成了，为父兄报了仇。但每个楚国人也有父兄，是不是也该找他报仇？难道百万民众的父兄，全不及他自己的父兄那么重要？"

弟沉默了一会儿："我不懂，哥。前面的一切事物，我都可以看得清清楚楚，可是如果没有镜子，我便无法看见主人的脸。但我总怀疑镜子里呈现出来的，是否完全是正确的影像。万一镜子的用料不够均匀呢，万一镜面有了凹痕或者磨损，镜中的脸便不会是主人真正的脸。我连主人真实的模样也不能确定，怎能够明白他的愤怒和悲伤。"

雪下得更大了，满天飘散，似悠悠荡荡的梨花瓣。静夜的郊野没有一个行人。杳无人迹的天地，原来最安祥美丽。

"也许不需要有英雄的日子，才是和平康乐的好日子。"我说，"是不是呢，弟？"

"我不明白。"弟的声音非常疲弱。"我有点累了，我真的累了，累得像石头一样。"

"那你休息一下。"我说，"明天也许又会是血流荒野。我和你，只不过是两颗小小的眼球，而且很快便要枯死了。我们什么都不用知道，什么都不必去看。弟，你好好地休息吧。"

大地慢慢被积雪覆盖了，非常洁白，像从来不曾有过血迹一样。

（写于 2021 年 8 月）

春风不再沉醉

1932年，东京。

一个胸无大志的人，是不配生活在这意气风发的年代的。我唯一的生存方法，就是在父祖辈传下来的古书店里苟且偷生。这是家经营日文和汉文古籍的老店，门前那棵老松树，据说是开店那年祖父亲手栽种的，现在已经高过了房顶。它把时代的喧哗全压成累累老瘤，固执却徒劳地守护着日渐凋残的旧梦。

很久以前，某一天，有人突然在书店的大门外直挺挺地倒下了——走着走着，倒在大街上。

我正吃着小饼，在母亲怀里，自己吃一口，送她嘴里一口。母亲向我笑，目光与我恋恋对望。非常幸福的时刻，这一刻。

然后就是那奇怪的声音，像有个沉重的大布袋被人从高处抛掷到地面上。

所有人立时冲向店门口，附近每一家商店的人。然后母亲惊恐地尖叫起来，叫完又叫，叫完又叫，简直不可遏止。我吓得惊慌嘶哭，手中的小饼和抱着的奶瓶全都跌落。我双手抓紧母亲的衣服，一直抓进她的皮肉里去。鲜红的液体，我看见了，缓缓在马路上向四边流淌。

警察到来时，那人已经死了。

那是一个小青年，打扮成武士的样子，在不远处与人决斗。然后跌跌撞撞走到这边来，忽然像塌了的积木，发簪散落，木屐子飞脱，倒下来，死去了。

这些情节全都是大人们后来绘声绘色地不断重复着的。我全部的记忆，只是母亲的尖叫和我的惊哭，隐约还有一些流淌的红色。没有死去的人，男人或女人或什么武士样子的人。我其实只是被母亲的尖叫声吓哭了。

但我人生的第一个记忆，确实与这个扮成武士样子的小青年有关。那大约是1900年时候的事。我不知道他与人决斗的原因是什么，又为何要装扮成一个武士。也许因为虚荣心，或者贪婪的本性。人间的一切血和泪，难道不都是由于这两个恶魔的诱惑吗。

我性格上的怯懦，大约都该怪罪于幼年那个惊吓的场面。它把我吓成一个笨拙小孩，说话声音低低的，很慢很慢，似乎对自己想说些什么都不很确定的样子。被玩伴们欺负了，也只是细声细气地抽咽。父亲间或会抚着我的头笑："哟，孝之是个笨小孩！"

笨，所以特别用功。《万叶集》《日本书记》《枕草子》……随便抽一句来，我大约都可以应对如流。从六岁开始，父亲开始教我认汉字，用毛笔抄录文句。"多么美丽的文字，"父亲叹息，"比山间的溪流还要清澈。"

我很早已把《西游记》看完了，又囫囵吞下了《三国演义》。大学那几年开始大着胆子翻阅《史记》。项羽、刘邦、伍子胥，许多故事，激励着又悲泣着。人人都应该有一个目标吧，为它甘愿刎了头颅，流尽最后一滴血。

但，难道不可以选择和平而安静地活着吗？

就在那时候，我认识了达文。

到书店看书或买书的中国留学生，好几个都成了我的朋友。但达文和别的人不同。贾宝玉说："这个妹妹，我曾见过的。"一种宛若久别重逢的妥贴。他比我大一年，初到东京时也就二十出头的光景。我因为常常请教一些肤浅的问题，他又耐心地解说，所以一直尊称他为"先生"。他就笑，说："哟，别傻！"

我渐渐觉得他像一面铜镜，就是古代的铜镜，在磨得光滑的镜面上隐约映出人的影子。暧昧的影子，近似自己，却又不能确定是否自己。看得久了，心中便会畏怯起来：这就是我的脸吗？这个人的思想是否即是我的思想？

有个星期天，他来店里看了一下午的书。

"累了。"他说，伸了伸懒腰。

"我们往河边走走。"我说。那时的东京市内，还流淌着许多清澈的小河川。"我也想去散散步。"

已是黄昏，河畔有风掠过树叶子的声音，水波上漾着落霞的浅金色。我们静静地伫立了一会儿。远处的天边飞过一群觅巢的归鸟。

达文仰头看着鸟群，一排两排，散开了又连成黑色的长队。突然，他高高地踮起了脚尖，轩昂的英气勃勃的他，向穹苍张开双臂。

1931年9月20日，《大公报》最早评论"918"事件

诗句从他的胸肺里喷啸出来了，一刹间如烟花绽射，如洪水冲破了堤岸，激越昂扬，拖着悠长咏叹的尾音，在寂寞的暮色中久久回旋，猎猎西风吹起了他的衣袂。

是三弦琴音自云间泻落了吗？还有长笛伴着流水，那样雄伟，清亢，却悲催。

一向柔弱的我，被这情景彻底地震撼了，仿佛有一股火苗蹦跳着要冲破我的脑顶，急着爆作空中的花火。我不由自主地闭上眼，也伸长了手臂。风吹着我，洗涤我身体每一个幽秘的角落。于是我飘起来，整个人飘起来，奔向夕阳，飞往云的家乡。

在至高至远的杳冥深处，我看见了自己。

我思念达文。十年了，自从他离开日本，我们便断绝了音讯。

去年，在遥远的沈阳，事情终于发生了。电台报导的消息越发紧张，是那种搞惑的令人不安的躁音。我开始患上耳鸣，蟋蟀躲在耳朵里唧唧尖叫。令人烦厌的声音中，却有人轻轻地呼叫："孝之，孝之！"

我苍然四顾，焦虑且悲伤。

达文最后一次到书店时，是大正十年（1921年）的初春，飘着微雨的黄昏。街道冷寂，间或匆匆闪过一两个行人，惶惶然无处投奔的鬼影子。他没穿大衣。我忙把他让进暖炉边坐下："外面下小雨了？"

"潮，阴阴的天气。"

有些人，不见三两个月，仿佛已是多年，不思念，其实常惦念。

他明显比以前消瘦了，眼睛却更炯明。他把毛线帽子脱下来，放在暖炉旁边，手也伸近炉子去取暖。

我沏好茶，双手捧上去。他忽然笑了。

'别这样看我，你这小子，人家以为我们有暧昧！怎样？近来咳嗽好些了？"

"应该好了吧，整个冬天到现在都没事。"我的肺一直有个阴影，其实也没变坏，却可免了兵役。

"为什么一直不来呢？"

"忙，而且烦恼着。"他说。

我们的交谈混杂着中国话和日语，不大明白时便用笔写汉字。五六年了，从没有觉得不方便。

"我流浪的岁月将要结束了吧，孝之。"他说道，"我要回到自己的地方去。"

我泡着茶，其实也没有太多的意外。千百次他说要回去。年初也真的回去了，又回转来。

"你知道吗，我结婚了。"

"您告诉过我了，恭喜您！真是好消息。"

他微笑。"母亲的儿媳，温和恭顺，当然是好消息。"手肘撑在榻榻米上，闭上眼，懒懒地半卧着。"生命诚可贵，爱情价更高。完全是废话！多么可笑。"

"既然已经是您的女人，那就尽量对她好些吧。"我说，"女人总是更加不幸的。"

"斯时斯世，一生不自保，何况恋妻子。"

我皱起眉头。"不就是讨厌吗！'一生不自保'也好，'爱情价更高'也好，结局还不是一句'皆可抛'！这些诗人，扭扭捏捏地想要诓骗谁？"

他睁开双眼看我，扑哧笑了："看得太透是自讨苦吃，孝之！"

"人啊，"我说。"头脑一热，一同赴死的心也许是有的。但一旦要选择起来，结果一定残酷，连亲生儿子也可以交换吃掉。"

他重又闭起眼，不说话。

我站起来说："告罪了！"走进里间，稍后拿出来一小罐茶叶。"试试这宇治新茶。知子说刚买到新鲜红毛蟹，又在做鳗鱼饭和天妇罗，请先生留在舍下晚饭。"

他睁开眼来："无以报也！我正愁今天的晚饭没着落呢！"

滚烫的开水激起了新茶的清香。他忙爬起来坐好，接过茶杯。

"什么时候要回去？总得过了樱花的季节吧。"

"不知已看过多少回樱花了。过了樱花，又有红叶，要留自然有留下的借口。我呀，骨髓中长了一串串相思红豆，像高僧骨头里结出的舍利子。"把杯子捧近鼻端，吸那香气。"那年我在洛阳，满城牡丹盛开，姹紫嫣红，热闹无比。简直是大唐的繁华盛世。其实牡丹何尝不是薄命花，花期也不过十天半月，若遇上暴雨狂风，更是朝夕零落。为何中国人视牡丹为富贵，奢乐纵情，看见的只是荣华美景。"他怔怔地呷着茶，半天，侧过头来看我。"我与你交友是错的吧，孝之，我们难道不是应该互相仇视的吗？"

我觉得悲伤。"我对您只有疚歉，先生。我心存恐惧，不知道什么是最终的结局。池塘里的鱼永远在抢吃，抢得多少吃多少，直至撑死了，都是因为贪。不幸我也只是鱼群中的一条小鱼，无处可逃。先生，我身不由己。"

玻璃门外的天色几乎全黯黑了。因为要省电，路灯总是亮得很晚，大半个城市便融在夜色里。只有对街转角处电影院门前的一盏灯，把冷白的光射向一块大宣传板。板上绘着的男子雄伟得似个天神，鹰隼之眼犀利地射向世人，抢起手中冷飕飕的大刀。那是比他的手臂更粗壮的大刀，比他的目光还要森寒的大刀。却并不是比他的心更阴冷的大刀。

"看见那宣传板上的巨人吧。"我说，"我这一生，是注定要向他屈从妥协的。"

达文没有回答。庭院里的竹子长出许多新叶，在纸窗上描绘出清幽的风景。

春子在二楼弄好晚餐的桌子，把窗子和扉门都拉开。空气非常清新，雨雾已经散去，晚风不再那么寒冷了。云层里透出一层朦胧的银色，月亮快出来了吧。明天一定会是和暖的天气。

知子跪在旁边替我们暖酒。

"告诉春子把下酒的河豚干和青枝豆多拿一些来，顺便带上那瓶大清酒。"我对她说，"我们自己暖酒就好。这里冷，你进去吧。"

达文看着知子的背影微笑："这般体贴的丈夫，在贵国却是罕见。"

狂乱之世，能够相携相伴的，也就只有这个人。

"您慢点喝，"我说，"蟹肉很鲜甜，多吃点，别一下子醉倒。"

"此日漫挥天下泪！孝之，你这种悠闲的日子，恐怕也过不了多久了。"

有小小的水点从高处跌落，他抬起了眼："下雨了？"

"春子在楼上露台浇花。"我把头伸向上面："春子，拜托小心一点。"

"还在风花雪月啊。"他轻叹。"这几年，逃课、挟妓、无病呻吟，是最颓废、最无可救药的一个。我不甘如此，却沉沦至此。难道不该跑去琵琶湖或太平洋的岸边，像屈原，像陆秀夫，纵身一跃，让冰冷的水洗涤我，然后沉下去，沉下去……"他嘿嘿地笑起："真是太狂妄了！竟斗胆敢把自己和这些英灵相比！"

他捧着杯子站起来。"'天命反侧，何罚何佑？''反成乃亡，其罪伊何？'我为何生？如何死？往日时光去了何处？来日大难我又能作些什么？"他把大半个身子倾向栏干外，酒杯高高举向天空："敬你了！敬你了！苍苍者天，我敬你了！你回答我吧！"

"先生！"我连忙站起来扶着他的肩膀。他回过头痴笑："别怕，轻于鸿毛，我可不会这样子跳下去。"

风一阵阵吹过。街上有夜行人的木屐打在石板路上的声音，一下一下，缓慢地，清脆地。

"您的问题，"我说，"先生，只有您自己可以回答。"

"也许吧。"他把满满的一杯酒全倒进嘴里。"但，孝之，我未必真想知道答案，它终究是可怕的。"他向冷寂的夜空久久凝视，一下一下拍打着木栏杆："老夫亦是奇男子，潦倒如今百事空！"轻笑一声，"失意呻吟，全无意义。我们这些读书人，古时所谓士子们，是最最无用的一群人。洛阳纸贵，也不过是四处求人赏识罢了。"

我紧紧拉着他的手。深渊的夜，彷徨的夜，我们的眼睛却格外澄明。一场翻天覆地的海啸已经凝聚了，花不会再开，万物即将死亡。月亮上斑驳的暗影里堆满了人，逃亡的人，从地球各处奔向苍茫的宇宙。人群中我找不到那个比尘埃更渺小的，无助的自己。

我们都逃不出去了。末日的音乐早已响起。

他坐下来，拿起酒壶给我满斟一杯，又给自己的杯子添满。月亮不知什么时候又埋进云层里了，夜空是没有尽头的暗灰色。

"这苍天，如此冷酷无情！竟然连一颗给我送别的星星也舍不得呀。"

我们对望着，碰杯。

夜，有点凉意了。

"您的心我太明白了。我们今日为友，明天也许便是敌人。将来，某一天，我的儿子或会与您的儿子在战场上撕杀。又或者，因为今日的友谊，将来会被认为是通敌的罪证。我们无可奈何，我们生不逢时，生非其地。但此刻，您和我是肝胆相照的朋友。我会一生铭记。您会吗？您一定也会吧，先生。"

我的眼睛盈起泪水，他的也是。

"上天从不放弃善念。"我说，"今天的屈辱不会是永远的屈辱。一个高贵的悠久的民族，是不会长久地沉沦的。"

"谢谢你。"他低声说道。"我即将离开你们，回到我自己的地方去，做我应该做的事。我们没有多少时间可以浪费了。"

"而我，只希望能保住自己的心，不去伤害任何人。但我心恐惧，深怕无法如愿。如果有一日，我或我的儿孙伤害了你们……"我终于流下泪来。"这一生，也许我们再也不能相见了！"

他伸出手抹一下我的脸。久久地对望。

两个人都不再说话。没有珍重，没有再见。

我们轻轻地走下楼梯，走到大门口。他伸出手来，我便握着。喝了那么多酒，手却没有多少暖意。

他松开手转过身去，不再回头。我也没有像平日那样躬身送别。

狭窄的街道长而幽暗。渐渐走得远了，那个瘦削的零丁的影子。我扶着门框。那人颈脖上的白围巾被冷风吹起，飘然悠然，如白鹤之翅。

四周非常安静，很久很久，街角传来若无若有的低吟。我侧耳细听，却只听到庭院的竹叶被风吹得沙沙响。

有个醉酒的夜归人唱着曲子从远处走来。他走到街口，发觉旁边也有人像自己一般东歪西倒，大喜，如见知己。忙凑过头去，把一口酒气全喷向这人的脸孔。

"你在说什么呀？嗨！说什么呀？你！"醉酒人大声问着。

过了一阵子，醉汉哈哈大笑，双手拍掌，踢足起舞，高声叫嚷起来："蠢物啦！汝何人哉？什么泪暗弹！何意何意？呵哈，泪—暗—弹！汝乃天下蠢物第一也！"

（写于 2021 年 6 月）

烟
花
雨

冬天可以做点事

　　吴说他喜欢冬天，因为冬天可以做点事。夏天不能，那样难耐的炎热，坐在办公室里看一叠叠的文件，最多只能看看玻璃窗外那一点点热得发白的天。我很想问他去年冬天做了什么，前年冬天又做了什么，二十几个冬天一共做了什么。但结果我没有问，因为那一定会叫他有一种尴尬的表情。我想象得出来，所以我是很厚道地不响了。

　　我却是无论夏天冬天一样没有什么可以做出来的。面对书本的时候多，看进脑里的却少，打开书本神游物外，竟自小就被夸赞是个勤力的好孩子。并不是存心做好孩子状要骗父亲开心，只是觉得胡思乱想比看书有趣，尤其长大了一点，老师叫你看他的古老讲义。不看，放心不下，看，太无味。面对着它可以心安，神飞云外来就更有安全感。

　　最妙莫如在饭堂外面霸占一张圆台，看山与海与山边的云彩，灵感都在云上。我觉得只要心中充满了诗思诗情，即使不写出来，也已经是诗了。写成篇章而且公诸同好，只是非常寂寞希望别人来欣赏。所以没有著作的人比有著作的人高超，更能明白自我的价值。当然因不懂写而不写的是例外，希望以文明道去救世人的也是例外。

吴听见我这话一定会非常高兴。能够令别人高兴总比令别人愁眉苦脸好。近来发觉自己也该学习一下这种伟大。自己不开心，第一个陪自己不开心的，必定是最爱自己的人，这未免太残忍。至于不爱你的人，陪你不开心一两秒钟，又有什么意义。所以不开心的事该密密地收藏，伏在枕头上哭也别弄出声响，而且不要哭得太多，胡桃眼睛一样叫别人不快乐。

星期日的西贝儿真是最美丽的了，她只是在林子里乱跑，快活地说："我们又回到家了！"她什么都没有做，却比做了任何事都更好。真喜欢那样的林子，那样的爱情才配叫爱情，更天真一点就无味，更成熟一点就太老练。西贝儿长大到十八岁就一点都不可爱了，幸而我们只看到她十二岁时的模样。我们十二岁的时候很少想到要做点事否则便是浪费日子，很少想到要赚钱否则便没有饭吃，很少想到要负起什么责任因为自己是个知识分子。但到我们十八岁二十岁二十几岁，不想要的都无法不要了。那压力是这样的大，仿佛是无可逃避的责任。国与家与爱情与文化，足够叫你辛苦一辈子而可能一无所获。然而明知可能一无所获还得不断去操心奔波，因为你觉得必须做点事活下去才有点意义。

所以吴说他什么都做不出来的时候他显得这么颓唐，他盼望冬天只是给自己找个借口。到了冬天他一定又会说宁愿要夏天，因为冬天是这样的严寒这样的懒惰。

我想我们都缺乏了一种力量，我们有什么理想国什么理想爱情什么理想文化？我们只在彷徨无主中，我们是永远的失落。人与人之间是这样地难于了解啊因为我们根本不能了解自我，我们只是希望做点事而不明白该首先做些什么。所以戴了方帽子的人觉得方帽子毫无意义，结了婚的人觉得结婚毫不快乐。而他们都曾千辛万苦去求取方帽子求取婚姻，回顾又前瞻始惊觉自己是多么傻，因为方帽子绝不是学问结婚证书绝不是爱情，它们不能代表什么更不能保障什么。

而所有的辛苦劳碌到最后的一刹始发觉毫无价值。一定有一种东西超乎任何现有价值之上吧。而你寻索却寻不到。耶稣为你死了，耶稣是否很快乐？你不必为别人死，你又是否很快乐？吴说他希望冬天能做点事，真想知道他要做些什么。而且但愿他教教我，我也真想做点事，做了之后能够不后悔而且觉得还有点儿意义，有点儿快乐，这就非常幸福了。

（写于 1968 年）

女眼中之女

　　美丽与低能，仿佛是女子的两个特征。"帘卷西风，人比黄花瘦。此语亦妇人所难到也。"（苕溪渔隐丛话）大约男子个个都写得出这样的好句，一旦出诸妇人之口，倒值得大惊小怪了。评论男性作者的文章，为什么从来不想到"他是男人"，只有说到女性的作品，总忘不了性别的关系，实在令人大为沮丧。他们说："女孩子竟然写得这样的好文章！""竟然"两字，激得你要呕血。看来女孩子只该是草包，写好文章是男人的专利。

　　不要说"九万里风鹏正举，风休住，蓬舟吹取三山去"（李清照）那样的豪语了，就是"今年瘦，非干病酒，不是悲秋"（李清照），也并不比韦庄的"一日日，一重重，泪界莲腮两线红"更多脂粉气吧。文章只该有优劣之分，没有男女之别，李清照实在绝无扭扭捏捏的女儿态。她虽然是体情写物能入于微，但何等潇洒雍容，一派大家风范。人有风度，文章何尝没有风度，易安的风度令人心醉。辛弃疾也写过效易安体，朱淑真就无论如何不能和她相比了，《断肠集》缺乏才气。

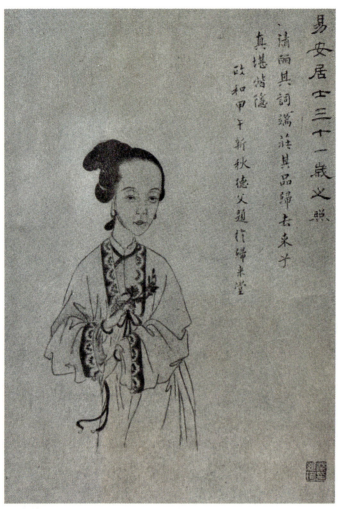

易安居士三十一歲之照

清麗其詞端莊其品歸去來子
真堪偕隱
政和甲午新秋德父題於歸來堂

李清照像

（晚清王鵬運（1849-1904）《四印齋所刻詞》內之《漱玉詞》，前附有
此幅李清照像。本圖取自1962年中華書局上海編輯所出版之《李清照集》
所載）

当然也有不喜欢女孩子有才气的男人，因为女孩子又美丽又聪明又有才学，他就会被比下去了。

曾经碰见过几位修女，美丽清逸得令人目瞪口呆，回到家依然神驰不已。越优秀突出的女孩子越不该轻易结婚。爱情使人聪明，婚姻使人庸俗，世上有多少个东坡拜伦堪为伴侣？赵明诚也只是个仅能称职的丈夫，他不是关起门几日几夜，也写不出一首词来压倒他的妻子么？

没有一个女孩子不爱美，稍有几分姿色的都自认是美人，恰如花朵要散放香气惹人欣赏。不过高帽子还是别人赠送的好，自己剪裁岂不太无味？

现在的女孩都喜欢表现自己有个性，爱穿男性化的服装，爱显得随随便便，很洒脱很高级的样子。我欣赏真正有性格的女孩，那样可爱那样自然，甘心于自己的本来面貌，就像小草不希望与木棉树比高，木棉树不学小草的柔软。可是为个性而个性的女孩使我头疼，总不能因为别人称赞玫瑰的美丽，也给自己园中的松柏挂几朵塑料花吧。只怕别人的好处学不着，自己原有的特色却丧尽了。

但即使是塑料花，也渴望蜂蝶的萦绕。被人追求是女孩子最大的快乐，她可以不爱你，你却不能不爱她。你打过一次电话给她，就已犯上追求的嫌疑，请她看过一次电影吃过一次饭，就几乎要负起求婚的义务。人人都说这是个开明的世界，但女孩子的心事谁知道，总之她那张追求者名单中已暗暗记了你的账，仿佛出天花留下疤痕，不容你抵赖。

不过幸而有这许多多姿多彩的女孩子，否则这真是个太寂寞的世界。暑假时参加过一项社会调查工作，发觉女孩子一踏进全部是男性工作的写字楼，整个写字楼立刻会变得活泼有生气。发现同性相斥异性相吸的科学家，大约是从他的爱人或情敌中获得这么伟大的灵感。

女人要照顾小孩，实在是人世间最残忍的一件事。我说小孩最好像洋娃娃，空闲时抱出来玩玩，没空就把他们塞进衣柜里，那么所有家庭一定都变得很快乐，而我们可以引以为傲的女子，也就不会只得蔡文姬李清照这么寥寥几个了。

（写于 1968 年）

京都随笔

（一）银杏枫竹

初到京都，正是银杏叶飘坠的季节。小小的银杏叶宛如可爱的扇儿，经了秋霜，全变成嫩嫩的黄色，即使无风的日子也不断飘落，何况是秋风萧索的傍晚。远处望去，仿佛一片乱飞的黄花，随风舒卷然后铺满一地。黄山谷诗："霜林收鸭脚。"把黄黄的鸭蹼平铺在地上，也真容易被误作是银杏叶吧。但我总觉得它像扇子更多。第一次看见银杏叶，我还在香港，朋友把它夹在信里寄来，说："送君凉飙，以解劳结。"从此每见银杏叶就想到扇儿，成了很自然的事。

银杏叶也真落得快，刚把一夜的积叶扫成小丘，还来不及搬走，新的坠叶又已纷纷如雨。从变黄的那天开始，只要天气一寒，十天八天就零落净尽，只留下秃枝无可奈何地撑向天空。入了冬，修树工人把树枝全砍下来，于是风姿绰约的一株树，一刹间如迟暮的美人又再被砍肩膀，使人好不惆怅。

银杏叶落尽，枫叶也就红遍。比二月花还要鲜艳的枫，却繁茂得令人厌倦。幸而红色中层次分明，从黄中稍带浅红、朱红，到红得简直是一团火，浓浓淡淡散乱在山野里。春赏樱花，秋恋红叶，日本人举国上下都有这份狂热。七八十岁的老太婆与六七岁的小孩，也夹在热闹的人丛中，爬几百级石阶往山顶，回来时衣襟鬓角红枫摇曳。吃枫叶的小摊摆满高雄山路，把叶子沾了面粉和糖，用油炸香了，竟然算是名产。煮鹤焚琴，煞了风景还偏要说是风雅。

小巧的枫叶最精致，仿佛把红玻璃纸剪作六角的小星星，一颗颗贴在枝桠上，透过去可以望见淡淡的斜阳。在高雄神护寺的一个角落，水涓涓自石隙流下，汇作清澈的小池塘，照得见人的眉目也看得见池底沉坠的枫叶。池上倒映着枫枝，片片枫叶由树间飘下。如果不是叶子在水上轻移，简直不能发觉池水的流动。

然而高雄山还有令人着迷的清溪，溪上架起许多木台，离水面只矮矮的一两寸，没有栏杆，铺着榻榻米。坐在上面吃酒喝茶，抬头是红叶如霞的高山，远望是纡回无尽的流水，那风味直是临流赋诗的魏晋时代，该想起水上浮杯的兰亭修禊吧。日本人喝了酒，就拍着手唱歌，一人带起，立刻数人相和，呼呼嗬嗬，声调又苍凉又悲壮。远处隐约有老妇人沙哑的声音，间或呀呀地吆喝两三下，仔细一听，竟然是乌鸦——人的心在这一刹简直绝望得将要融化。

看竹却得往嵯峨野，那里的竹林叫人联想到碧玉。比我见过的竹林都更高更大，却依然透明青嫩。竹叶远远挂在树梢上，要抬起脖子去仰望。于是惊喜地发觉那竟然不是叶，只是青翠的烟霞，被晚风吹散了又缓缓凝聚。

清晨或黄昏，踯躅在京都的古典而宁静的小巷，竹子从人家院落里斜斜地伸出来，润了露水，晶莹光亮。那是另一种幼小的竹，叶子在节间一簇簇地生长。即使并不富有的人家，一样有着精雅的庭院，只要有一块小小的泥地，竹叶也一样青翠。但这份闲情也只能见于古老的京都，东京、神户和大阪是很少了。

（二）三千院

青绿的是苔，深厚浓密地铺满庭院。苔中间零星地缀几块白石，青白相映，是有意造成的图案。高大的枫树密密挡住了阳光，仿佛红霞盘绕着树顶。有流水的声音，却找不到溪流的踪迹。

绿苔延蔓到石栏旁，失了前路，便全都爬到佛殿前的杉树上。青青的树影拥着青青的苔，一片清凉与宁静。极乐院后柿树的叶子全落尽了，只留下累累的果实，金星一样悬满枝桠。秋梨红柿大多用作庭院的装饰，没有人摘它，任由它饱喂飞鸟，然后熟透萎坠。

此刻没有蝴蝶，蝴蝶早已老去。摸摸大殿的栏杆，冰凉透进心里。安宁深杳的三千院，令人有久居的渴望。佛殿里立着高大的观世音塑像，右手支颐，俯视尘世。塑像造于 1246 年，因为她大慈大悲，所以数百年来被众生膜拜。然而我想她其实法力有限，几百年的岁月还除不尽人世的悲哀，所以至今才会有这么多人不断来向她恳求，祈望借虔诚改变坎坷的命运。

走出三千院，小小的月亮已爬上殿角，朦朦胧胧还冲不破落日的霞霭。入夜，当喧噪的飞鸟已找到安息的家，当北风吹尽了落霞，那时就只剩下这娇小的月亮，冷冷地在空中悬挂吧？

（三）比叡山

坐揽车往比叡山，京都就在脚下。我去的时候，枫叶早已凋谢。只有苍冷的松杉盖满山坡，芦苇茸茸密密长在山腰里，绽着米白色的芦花，被风一吹，就远远飞去。

从斜坡转过山间，路旁指示牌绘着活泼的猴子，两三只小猴已经出现了。再前往，竟全是猴子的世界。从山间的岩石到路的正中，皮球一样弹满一地。细长柔软的手掌，红色的屁股。猴妈妈们四脚支地，小猴不坐在背上，却蹲在母亲屁股的末端，剥人们递来的果子。母猴就这样负着孩子东奔西钻，抢游客抛来的食物。跑得那么快，孩子在背上东颠西晃，竟然不摔下，看得人又失笑又惊讶。

山路左侧可以眺望清丽的琵琶湖。童年印象中的越秀湖早已不留痕迹，我此刻才算真正看到了湖水。像海一样广阔的琵琶湖，水与天之间几乎没有界限。浔阳湖畔有琵琶子的哀叹，琵琶曲中有可怕的十面埋伏，而眼前则是荡荡无际的琵琶湖——我的心忽然战悸了。我无端地想起了庞统的落凤坡。来游比叡山，何尝不是强为行乐的心情中，求一息的解脱。琵琶湖水皎洁清莹，也许只有没入杳杳的烟波之中，才是真正快乐的时候。

（四）除夕

除夕之夜，气温突然降至零下二度。雪还没有飘下，风已锐于刀剑。人潮却还是不绝地涌往庙堂，拜神求签，祈求一年的好运。

深夜十一时许，我来到真如堂。森森的松柏拥着古老的神院，寺内外灯火通明。穿和服的日本姑娘，戴两鬓绒花与银钗，婀婀娜娜拾级而来，风生两袖。

真如堂悬着一口巨钟，因年岁的侵蚀透着铜绿。每个晨昏，寺僧撞击厚重的钟身，声音闻于远近。钟前的两炉神火此刻已熊熊地燃烧起来了，年轻的男女们踮着脚跟，伸长双臂在火上烤那双早已冻红的手。

将近十二时，僧人穿过寺门，并立在古钟之下。风自树间穿过，拂起了薄薄的袈裟。十二点，缓慢沉重的钟声响起了第一下。

于是整个山间，松树间，殿廊与殿廊之间，钟声像波涛一样回荡了。当余音将沉，绕而未散，第二下就紧接而来，深深地敲进心底里。

它将会敲一百零八下。"人世间，"慈悲的佛说，"烦恼一百零八种。"每敲一下将消去世上的一种烦忧，这烦忧与生俱来，随着心智的增长而日益扩大。

请为我多敲一下，恐怕我的烦忧不在一百零八种之内。

买一根草绳，在神火前燃着了，拿在手里，一边走一边晃圈圈吧。那是使人转运的光圈，一直晃着回到家门口，好运就随着光圈来到你的家里了。

（刊于 1969 年《明报月刊》）

没寄出的信

没有寄出的信，与没有写完的文章，常塞满我的抽屉。文章写不完，是因为缺乏灵感；信不寄，却是当时的灵感太丰富了。那一刹的冲动，常使自己写下许多无聊的话，然后停笔细思。这些话也许使彼此的交情留下难堪的痛伤，或者使一个自己并不怎么喜欢的男孩，无端有过多的梦想。这一念的慈悲使我顺手把它丢进抽屉。到那么一天，收拾起来，重新勾起许多惆怅。人最好是白痴，活在无嗔无欲的世界里。而我却对这些无聊的信眷恋不休，天国离我真是太遥远了。

——1970 年 3 月，东京

Y：

这是除夕，我坐在新桥的一间咖啡店里。希望你记得新桥，我们那晚狂歌纵酒的地方。你何时再来？到时又将是怎样的情景？大约你不久就会结婚，婚后，在某种情况下，某些心情中，寂寞与不能完全被了解的痛苦，间或总会烦扰你。那时你或会吸着烟，苦涩地回想你的初恋，你在欧洲那位已婚的女友，以及许多曾飘过你心中的女孩。你会想起我吗？我是常想到你的，然而所得只是惘然。如果我们从前能互相了解得多些，命运是否会有所改变？—— 但也许因为我们了解得太少，交情才能保持至如今？—— 机场别后，颇觉黯然。你说要结束浪漫的恋爱，找一个人结婚安定下来了，这话使我觉得很悲哀。说这种话的人，心理上有点老态了。你为什么要老呢？我只希望你有称心的恋爱。几乎每个人都要结婚，但真正有爱与被爱的，恐怕太少太少了。

我一切很好，如你所见到的：我比以前活泼多了。长大了而竟然活泼了，这大约是很好的现象罢。祝你有快乐的新年，而且不必回信给我。

S：

睡在榻榻米上，看天花板的木纹，一圈圈全可以化作你的脸。你走之后，隔壁的老太婆天天给我送点心，大约怕我饿坏了。刚才吃了她的牛奶莓子，肚子一直隐隐作痛。我想，如果我突然霍乱死掉了，那怎么办呢。你不在身边，死一定是非常可怕的事。

这几天心里很灰，独自一个，饭都不高兴烧。为什么总是乐少愁多，相聚时要斗气，分别后要思念。两只刺猬的譬喻是否已太陈旧？但却只有这譬喻最贴切。我很担心你跟着一些不大正经的人，学坏了。但愿你记得我为谁飘零奔波，也记得自己为什么尝尽愁苦。书写至此早已泪珠盈睫。有时我想，倘若我在刚开始恋爱时突然死去，生命是否比现在完满些。然而如果我能再次投生，也许还是选择同样的路。命运固然支配着人，性格却更能决定人的一生，即使脱胎换骨，恐怕还保留原来的本质。

兰子说很羡慕我们。在如此困塞的境遇中，依然值得别人羡慕，造物实在不算太冷薄。这两天我在学结毛线帽子，你知道我素来不喜欢弄这些东西，但如果你能包着耳朵，也许不致常常着凉。我选了蓝灰色，大约你会欢喜。

谢谢你夹在信里的黄花，但愿你回来时，它的颜色依然鲜嫩。连日来风吹细雨，阴寒不定，望小心保重，免我挂念。

B：

我刚从雪中回来，想不到晴朗的午后，雪却来得如此突然，一下子落了满襟满发。从车站走回家，得经过几条幽曲的小巷，和一个种满松树的斜坡。这一带在平日已让人流连，何况被北风搅起漫天飞雪。这是我回日本后享受到最快意的一个雪天，真愿意一辈子都走这样飞雪迷蒙的路。本来我想写信给 K，告诉他我怎样在雪中闲荡直至黄昏。然而他近来却音信杳然。我想人的交情大约也像一场雪，突然来了，又突然溶化掉了。即使气象台也有预测错误的时候，何况是人，而且没有处世的经验。

关于诗的问题，见解不同，其实不必急于求结论。不过我说某人诗有风度，并非说他人有风度。诗文的风度，往往见于字句情韵

梅竹双清图

吴湖帆 绘 私人藏

中的潇洒舒卷。来信引屈大均"悲落叶，叶落绝归期。纵使归来花满树，新枝不是旧时枝，且逐水流迟"，认为境界幽远。这一点牵涉到诗词境界分别的问题，仿佛又在考学位试了。然而单就词而言，我还是不喜欢这样的句子，意思全浮泛在表面。我宁愿要"莲子已成荷叶老，清露洗苹花汀草"（李易安）。当然我不能说这个境界高，那个境界低。人的感受不同，喜爱各异。譬如"疏影横斜水清浅，暗香浮动月黄昏"，算是千古名句，我却总嫌它搔首弄姿，满身小家子气，而且说得太多了，竟不留一丝半点让我咀嚼回味。也许你读过东坡的《红梅》："怕愁贪睡独开迟，自恐冰容不入时，故作小桃红杏色，尚余孤瘦雪霜姿。寒心未肯随春态，酒晕无端上玉肌。诗老不知梅格在，更看绿叶与青枝。"我真喜欢这首诗，如果梅花也有精灵，一定就是这种秾才使气的样子。我说这样的诗有风度有性格，希望你明白我不是指东坡本人，虽然这风度性格还是属于东坡的。

说起梅花，此刻正是梅的季节。在香港只看过一次花瓶中的腊梅，萎靡仃伶，殊无姿致。深觉古人爱梅，大约只是附庸风雅。近来到过几个梅林，才领略到幽芳的情味。世上虽无不美的花，但都不如梅花雅净。最爱白梅，衬着胭脂色的红萼，窗前不远就有一株，陋巷贫居，慰我多少岑寂。我素有撷花的癖好，对梅花却不忍下手，林下徘徊，每自伤尘浊。而林和靖却衰以为妻，我对他真是加倍的不高兴。

杂志不见寄来，想是困难多多，虽九死其犹未悔耶？希望真能出版。祝近安。

C：

　　两月来三易其居，你寄来的信跑了个大圈，前日方才收到。对我的责备，全都拜受。然而我的志向并不如你所想象的高超，作家要跑在时代之前，我的生活中却只有感情，没有时代。纵喜欢嬉皮的放浪形骸，愿意披着破毡子跟他们一起，但我并不属于这"嬉皮的时代"，我宁愿属于梦里的蝴蝶。拍案而起的冲动，近来仿佛没有了，因为"起"来之后，往往无所适从，冷落孤零，倍增悲切。寻求、厌倦，再寻求、再厌倦，结果自己要寻的是什么，也不甚了了。大概我的"金色蛇夜"已渐迫近，虽然较之印蒂的年龄，我是太早了一点。

　　至于我个人的事，没有什么可以再说。年前作诗，尝有"闲暇喜高游，有意寻荆棘"之语，"有意寻荆棘"五字，可作我一切行为的批注。谅解与否全看友谊，《道德经》免劳再念。

　　祈珍重。

（刊于1970年《明报月刊》）

芬芳小记

（一）樱花

说起日本，自然就要想到樱花，密切得如同人跟自己的影子。常是过了最后一场雪，山野间刚开始徘徊着几缕若无若有的熏风，樱花就开了，总比其他花木早报春。似乎昨天还是小小的蓓蕾，一夜间突然灿若云锦。在水边、在山坡、在人家的庭院，闹哄哄地映着春阳，活泼新鲜，溢满初生的喜悦。山樱、吉野樱、重重迭迭的八重樱……粉白轻红，满眼夕阳映雪的颜色。最爱垂樱，枝柯舒伸，周圆逾丈，细密的花串，由树顶摇摇曳曳地垂落，恰如柳荫，只是换作浅淡的紫红，稍有微风，便是一片霞霭在飘飘漾漾。总觉得那是环佩珊珊，有佳人正由云端冉冉而降。

可是樱花开得早，也落得快。仿佛从开花的一瞬始，便也是落花的时候，一片两片，在空中悠扬。若一经风雨，立刻便满目凄迷，花瓣簌簌乱落，均匀了春风，飞起了漫天的蝴蝶，留也留不住，抓也抓不回。逢到月夜，四周冷浸了清明的月光，落花无声无息地在澄辉里浮游，清晨起来，才发觉已深深积满庭院。过得几天，枝头便只余下竞生的新叶，数日前的热闹繁荣，早无复记忆了。

墨江泼绿水微波，

万花掩映江之陀。

倾城看花奈花何，

人人同唱樱花歌。

——黄遵宪《樱花歌》句

年年岁岁，花固然相似，人大约也并非完全不同。人群总爱傍着清溪，席地设酒，围坐于花荫之下。抬眼望淡淡的春山，山顶残留着轻微的积雪。远近清浅的溪流，把一片春阳的暖色反射上花林，花林却向水面倒照出浓浓淡淡的花影。无数穿和服的娟楚腰肢，往往来来，分碎了花影的平静。

渐近黄昏，林间到处是清冷的啁啾。粉白色的飞花之上，盘亘着万千点忽忙的归鸟，再往上则是湿濡的墨云，分不清是雨是雾是烟霞，慢慢笼住了山顶。因为隔着一层浪荡的落花，鸟群与雾与山，仿佛全部在微波中飘漾。使人想起三月，江南的水乡，枕着小舟，看春山在枕畔一起一伏地流过。而醉客的悲歌，也开始在阴黑的花林中，断断续续地响起来了。

春雨楼头尺八箫，

何时归看浙江潮？

芒鞋破钵无人识，

踏过樱花第几桥？

——苏曼殊《本事诗》之一

我在一群朋友之中，举酒酹江，挥洒谈笑。偶一低头，清楚看见一群小鱼，正吸吮我落在波心的影子。微微的雨丝，在水面叮咚起无数个小圆圈。

（二）牡丹

我对牡丹从无好感，大约因为那是所谓富贵之花，而说起富贵使人想到俗气。虽然近来年事渐长，知道富贵的重要了，对牡丹却还是淡然。品花随世运，先唐未有诗，所谓富贵之花，只因为受过皇家的恩眷。其实我并不曾见过牡丹，只是从茶楼酒肆里悬挂的所谓国画，以及圣诞卡日历牌上的几堆颜色，所得来的印象罢了。因此以为兰花被誉为天香倒无可讥弹，牡丹之为国色，实在百思不得其解。

这忿忿是一直到看过一张恽南田的牡丹图，才开始改变的。画中牡丹共四枝，红白紫黄，分别写正面、侧面、迎风、低垂四种姿态。其中一朵含苞，一朵半吐，余两枝却灿丽鲜妍，密密层层的花瓣，写得厚重浑圆，仿佛只要摸一下，便能触到那柔腻。最动人的是低垂的红牡丹，酒醉不胜情，娇慵得等着人去搀扶的模样。

这使我良久怅然，觉得非看一次真正的牡丹不可了。

去年五月，就为此特别坐车往长谷寺。刚踏进山门，心都迷醉了。长长的石阶廊由山脚一级级通往山上，牡丹就植在长廊的两旁，约有数百株，斑斓绚艳布满山坡，加上扶疏的绿叶，由石阶向上望，就是一片直贯云霄的虹彩。千百朵硕大丰润的鲜花迎风挺立，俊朗

牡丹图

恽寿平 绘 私人藏

　　恽寿平（1633-1690），原名格，字正叔，号
南田，别号云溪外史、白云外史等。明末清初著名
的书画家，与王时敏、王鉴、王翚、王原祁及吴历
合称为"清初六家"。他落笔清新，品格秀逸，在
六家中自成格局。画山水则冷淡幽隽、绘花卉则活
色生香，而又明丽雅净，书法亦飘逸出尘。

高瞻，一派君王的气象。大红和粉红色的最多，其间夹杂着如雪似玉的白牡丹，几树鹅黄，鲜嫩得像刚涂上颜色，还濡留着未干的水气。添了夕阳，重重花瓣都泛溢着耀目的金光。带几分幽怨的紫牡丹，却悄立在长廊的尽头，衬着苔痕斑驳的古松，那哀戚越显得幽冷凝重。怪不得说姚黄魏紫一朵千钱，而紫牡丹更常是千金难买！

我忽然想：茶楼酒肆间及圣诞卡上的牡丹，并非画不出其形，只是丽而不清；亦非画不出其色，却是浓而枯滞。牡丹自有它的雍容，岂是暴发户似的巨红惨绿？"意态由来画不成，当时枉杀毛延寿！"误于庸工而含恨以终的，又何止王嫱与牡丹呢。

（三）水仙

每逢过年，许多人都爱养一盆水仙，供在桌子上，借那缕缕清香，点缀新春的喜悦。其实案头上的水仙，大多平平无奇，不过幼长的叶子，加上淡黄的小花罢了。所谓凌波仙子的韵味，是一点也无法领略的。看水仙该如赵子固笔下的长卷，临水迎风，连亘数里。在江南的乡村，这是常见的景象吧。连隔着山坡的人家，也能呼吸那清甜的香气。

人们总爱赞美莲花，出污泥而不染，其实种莲花大多在池塘，水也并不太污秽。只有野生的水仙，堆塞在淤水烂泥之中，却仍是一片碧绿，晶莹的小花不带纤尘，拔起茎来，也皎洁如玉。在日本的淡路岛，水仙特多，大多长在海边湿地上，咸水酸风，冬寒未退，草木愈觉稀少，便是附近的零星小树，也因长年对抗着海风，枝叶全倾斜地生长。偏偏就有连绵不绝的水仙，愈冷愈骄，开得绚烂。

我在淡路岛留了一夜,专为看水仙。太阳早已落山,天畔疏疏落落几颗小星星。水仙的花叶在星光下极不分明,像一丛丛野草,在晚风中摇曳。只有浓郁的芳香,散落在蒙蒙的水气里。

风很大,也极寒冷,吹赶着天上的黑云。云的颜色越来越淡,水仙的花叶便越来越清晰。先是尖巧的叶子,一根根呈露了出来,然后可以看见影影绰绰的花蕾,渐渐终至能清楚数出一小丛花朵的数目了。细碎的花影,玲珑地投在石壁上,水间的倒影也剔透如生。于是一朵水仙便幻成四朵 —— 花的本身,水中的倒照,石壁上的花影,花影在水中的倒影 —— 交纵交错,摇摆不定。柔淡的银光流泛在花叶与水色中,偶一抬头,才发觉不知何时,皎洁的明月已升至天心,孤冷冷不沾半丝云色。如果月明如镜,月中便该照出四重花影。影落镜中,镜又生影,若幻若真,便至无穷……我忽然哈哈一笑,从石上站起来,拂去身上的泥土。我的影子落在水中,水中的影子在我心底。于是我施施然走下海堤,朗声吟诵起黄山谷的诗句:

凌波仙子生尘袜,水上轻盈步微月。

是谁招此断肠魂,种作寒花寄愁绝。

含香体素欲倾城,山矾是弟梅是兄。

坐对真成被花恼,出门一笑大江横。

(刊于 1972 年《明报月刊》)

小巷的月亮

我的家乡是个小镇，不是热闹的城市，也不是多蚊虫的乡间。

家乡到处都是小巷，窄窄的，石板路挤在两排砖房子中间。房子很高，大约因为才六七岁，又是特别瘦小的孩童，便觉得那些砖一直砌到天上去。

母亲常带我去看大戏，就是粤剧，大锣大鼓，花旦们从头到脚闪闪亮。看完戏，夜已深了，母亲拖着我的手走过戏院的大街，穿过一条又一条的小巷。后来越走越静，最终只有我和母亲，石板路上留下一长一短两个影子。

"有月亮呢。"我告诉母亲。

夹在高墙中间的天空像一条小河，静静的，间或有薄云在河面上流过，月亮却晶灿灿地。我们走进狭长的小巷，月亮就在我头顶。到小巷快走完了，它还是在我头顶。它不是应该被抛到背后了吗？

"妈妈，我们快一点走吧，我要赶过月亮。"

"赶不过月亮。"母亲还是不紧不慢地走着。

到我们转个弯，拐进另一条小巷，月亮便没有了，只有高房子

罗生门外竹林中

的檐顶上面泛一层浅浅的白光。再拐进另一条小巷的时候，我又看见月亮了，真叫我欢喜。它就这样一忽儿出来一忽儿隐没，像是跟踪着我们。

可有一次，看完戏出来，外面却是大雨滂沱。我和母亲挤在戏院门前的人堆里，听旁边的人唉声叹气。后来母亲终于在人群里抢到一辆三轮车，黢黑的夜路，车子却跑得飞快。我在一摇一晃中渐渐迷糊起来，半合半开的眼，忽然瞥见前面道路的积水里，微微漾着一层银光。

月亮！

我挺直了身子，把头伸往挡雨的塑料帘外。雨，在我迷迷糊糊的时候停歇了，天空已是一片清朗。

原来大雨之后，月亮很快又会钻出来，并没有要我等得太久。

那几年，在小巷里跟踪过我的，也有残缺的月亮，或被黑云掩盖了的月亮。我试过用自己最快的速度在小巷里没命地跑，疯子一样。但无论我怎么努力也跑不到它的前头，可是它也从来不会离弃我。

后来，我当然也在不同的地方看见过各种各样的月亮，在山顶，在海边，在烦嚣的都市。有纤秀的、被切去了一半的，或是圆满的月，都能够令我精神一振，一下子欣悦起来。即使有狂风在呼啸，即使天气再阴冷，那一缕月光，浅浅的，向我的身体涌进千百度的热量。

我抬起头来，仰望那高不可测的、灵魂永远无法接近的夜空，深深地、深深地呼吸着。

（写于 2021 年 7 月）

风
流
花
一
时

扇——风流、风情、疯狂

贾宝玉说："一把扇子，能值几何！"为博晴雯一笑，整箱纸扇抬出来让她撕，听宣纸撕裂的清脆声音，夏日黄昏微风流转。

真是风情无限。撕的不知是白纸扇，还是有名人墨宝的画扇。宝哥哥可想象不出，在 20 世纪，一把名家画扇是什么价钱。

工笔重彩的花卉草虫，于非闇或刘奎龄的，动辄十多廿万港币，张大千、齐白石、傅抱石的山水精品就更不用说了。连从来不受注意的小名家，如陈少梅，也被抢出高价。年前北京的拍卖，百多把扇子几乎被抢购一空。拍卖师喊："八万。"抢的人立刻大叫："十八万！"

咦，仿佛在玩游戏，兴高采烈，玩得疯了。

20 世纪 50 年代，许多画家以画扇谋生，画的甚至不是白纸扇，而是江苏一带外贸单位外销的檀香扇、乌木绢扇。画工才七角人民币一把，也有低至三角七分的，而且还得等候分配。大有名头的画家如陆俨少，都曾画"行货"扇子以糊口，"画多了累死，画少了饿死"。现在扇画突然被抢到如此炽热，曾经此苦的画家们，心情恐怕一如八大山人的签名："哭之笑之"吧。

扇子也真可爱。除了画工，还有精致的扇骨子：象牙、紫檀木、玳瑁、紫竹……往往刻着精致的花纹，著名的刻工，也提升了扇子的身价。

香港又流行穿真丝唐装衫裤了，浅藕色的短衣长裤，翻出白袖口。执一把轻盈纸扇，扇子徐徐张开，夺目的一幅张大千青绿山水，四十万港元……

风流高格调？

（刊于 1995 年台湾《艺术家》杂志）

张大千绘赠梅兰芳牡丹图扇 （私人藏）

吴湖帆绘赠梅兰芳梅石图扇 （私人藏）

散发弄扁舟

像多数喜欢诗歌的小孩，第一次接触诗词都由李白开始。后来我比较迷苏轼，一段时间泣血锥心为了李商隐。但兜了一个圈，终归还是回到李白的诗句里。"三十六曲水回萦，一溪初入千花明"，何等秀美天然，单是把这样的句子重复念几遍，已觉铿锵婉转，滋味无穷。李白的诗丰神俊朗，音节最美，例如：

明月出天山，
苍茫云海间。
长风几万里，
吹度玉门关……

简直令人如置身于莽莽荒原中，四面劲风吹衣，仰首浩歌，长扬而去，飘飘一种潇洒浪荡，无挂无牵。

在日本东京，藏有一幅《李白行吟图》，活脱脱就是这个情貌。画中的李白微仰着头，一身阔大的白袍子，淡淡几笔勾画出超然的神态。画家是梁楷，宋代画院待诏，人称"梁风子"。"风子"与"疯子"应该相通，大约是个怪人。皇帝赐他金带，他把金带挂在画院壁上，施施然走了。李白"天子呼来不上船"的不羁，一定感染了这个"风子"，而那些出水芙蓉般天然可爱的诗句，一定也启发了画家的灵慧。梁楷把李白描绘得如此洒脱超然，隐隐中恐怕是自我代入了。

　　其实都因为俯仰由人而并不快乐吧！人生在世不称意，我等芸芸众生，连散发弄扁舟的勇气都欠缺。

（刊于 1996 年台湾《艺术家》杂志）

冷月葬诗魂

我那扎小脚的曾祖母，听说懂得念两句"关关雎鸠，在河之洲"。她虽是个文盲，但《长恨歌》也能背得大半。

中华民族真是个诗的民族，从《诗经》开始，每一个朝代都有名家。但，为什么近年来诗却完全式微了？实在令人不解。

不很久以前，还有许多写新诗或旧体诗的老师、前辈和朋友，报章杂志上也读到余光中、痖弦、叶维廉的作品。先不说成就如何，至少有一点真诚，无限爱恋，愿意为诗歌付出许多心血。去国离乡若干年，再回来已是面目全非，仿佛都没有人再提起"诗"这一回事了。

不知在国外，诗是否也已式微？

我个人喜欢古典诗词比现代诗多，在婉转摇曳的音节中享受着悲悲喜喜的销魂滋味。"空里流霜不觉飞"，诗人把方块字作魔术游戏，令你目迷五色，心旌摇荡，欢欣流泪。

现代人是否再难有如此奢侈的闲情？谁家父母会鼓励孩子做诗人，害他郁郁不得志，潦倒一生呢？

传统画家需要"诗书画三绝"，恐怕也成为绝响。溥心畬与张大千以后，还有哪个画家懂得自己写出一首诗来？

　　其实写不出诗也不要紧，画得好也就是了。要求一个画家把绘画做好，做得精，做得雅，不算过分吧！

　　冷月已葬了诗魂。画魂则在幽幽月色下载浮载沉。

　　救救画魂。

（刊于 1996 年台湾《艺术家》杂志）

不能以移子弟

认识一位朋友，他那聪慧能干的太太原来是王国维的孙女。呵，鼎鼎大名的学者，大学时要考他的《人间词话》。即时起立致意，那太太却只是温柔地微笑："不好意思，我可不大懂爷爷的文章呢。"

她自小就在美国念中学，中文虽然比许多人强，与大学者的距离还是很远的。即使不是离乡别国，也不一定会醉心诗词。遗传真是奇妙的事，有些孩子遗传了父母的音容笑貌，却有不同的性格与智能；有些孩子把聪明智慧都承接下来，但往往发挥在不同的兴趣上。"虽在父兄，不能以移子弟"，完全不受控制。

喜欢音乐的傅雷，儿子成为举世闻名的钢琴家。做不成画家的艾青，由儿子艾轩完成心愿，这种皆大欢喜的例子，毕竟不多。苏东坡一门三杰实在非常了不起，其实那"二苏"也不及他才多，而这位绝顶天才也没能把文学艺术的天分再遗传给儿子。当代许多第一流的画家，孩子们虽然都拿画笔，却都活在父亲那巨大的阴影下。

收藏家们毕生心血所积聚的珍品，儿孙们对之不屑一顾的例子，就更多了。有位老先生说起少年时的经验：父亲珍爱古书画，每到天气晴朗之时，便把书画拿出来，在园子里吹去书画的潮气，顺便细细欣赏。两个十来岁的儿子便拿着竹叉，把画叉着高高举起来，不能动、不能喊累，看完一件又一件。父亲看的是画，孩子看的是背面的裱画纸，几个小时下来，腰酸背疼，只想哭。

把画留下给他们，他们都说："快快卖掉算了罢！"

（刊于 1996 年台湾《艺术家》）

不倒翁

小时在乡间，没什么玩具。哥哥从武汉带回一个不倒翁，胖胖的圆肚子，大红袍，嘻嘻一张笑脸。放在桌子上，使劲把它的头往旁边按倒下去，一松手，它又摇摇晃晃立起来了，玩得好开心。后来失手把它扫倒在地上，"噗"一声只剩下几块破泥片，为此狠狠哭了一阵子。

历史上最著名的不倒翁叫冯道。据说这位仁兄生性纯厚好学，写得一手好文章，而且事亲至孝。五代十国时，政权不断更迭，君主换了一个又一个，冯道却任凭风起浪，稳坐钓鱼船，安安稳稳做了二十多年丞相。由后梁、晋、唐、契丹、后汉到后周，无论谁坐上宝座，他照拜不误。并为此沾沾自喜，自号"长乐老"，著书数百言，标榜自己的春风得意，高爵厚禄。

乱世之中，确实也无君可忠，无国可爱罢。但总是觉得此人无耻。

齐白石最爱画不倒翁了。他笔下的不倒翁，身穿官袍，头戴纱帽，执一把白纸扇，鼻梁上还贴一块白药膏，彻头彻尾一个奸官。

齐白石画不倒翁约有七八个版本之多，把小丑的正面、侧面和

不倒翁

齐白石 绘 私人藏

"借山老人白石"

此图左下角钤"庞耐"一印。庞耐女士（Alice Boney,1901-1988）二十二岁在纽约开设了美国最早的一家经营中国艺术品的画廊，此后穿梭于日本和美国之间，在日本搜求东方艺术品。她特别喜爱齐白石的绘画，收藏的齐白石画作极多，而且皆是精品。

背面都画了好几次，题句往往也很讽刺："不知此物，无处不有也。"
他最著名的一首题不倒翁诗，是 1922 年作，在 1951 年作的不倒翁
画上又再次引用：

乌纱白帽俨然官，
不倒原来泥半团。
将汝忽然来打破，
通身何处有心肝。

（刊于 1995 年台湾《艺术家》杂志）

曾经拥有

独自在台湾的一个旅馆消磨寂寞的夜晚，客房里有供客人阅读的佛经，随手翻翻，竟几乎看了一个晚上。

宗教的理论，都在某一程度上打动人心。谁没有烦忧，"执著一切存在而累积忧虑"。做生意的，岂不常为生意操心，有股票房产的，也常常疲于奔命。更别说为儿为女，转眼已劳累半生。

付出这样多，只为拥有。

年前旧金山地震，朋友家中的明清瓷器，几秒钟内被震得粉碎。他默然呆坐在瓦砾堆中，日已落，心更成灰。

也许并不是价值连城的器物罢，但二十年来一点一点的积累，心血的凝聚，那种在旧货摊子里突然捡获心头爱时的狂喜，那种欲买未买时的患得患失。闲暇时把它们一件一件捧在掌心，仿佛都有精灵在掌间跃动，迎着灯光，看那一点点青蓝泛绽……爱得那样深，失去得如此突然而痛苦。

执著于一点欲望，无限焦虑。

却忘了生命其实短暂，乾隆皇帝何曾永远享有清宫内的奇珍。

听说那位以八千多万美元购买梵高画作的日本老人，预备要把这幅世界上最昂贵的名画，作为他死时的陪葬品。

如果传言属实，我不认为他懂得艺术。他只是一个有钱的、自私的老人。

（刊于 1996 年台湾《艺术家》杂志）

斗彩团花海石纹天球瓶

清 雍正

（香港佳士得拍卖行 1997 年《静观堂》专场图录第 882 号）

鬼市

往北京或上海，别错过鬼市，一个乐趣无穷的寻宝地。

在每个星期日的清早，天还没亮，鬼市就开始了。幽幽的街道突然忙碌起来，一辆辆自行车、小货车，把各式古董运到这儿来，全摆在地摊上。绵绵延延好几条街道，数千个摊子。路灯昏昏的，淡淡的月亮，冷峭的星。

寻宝的人拿着手电筒，飕飕地在货品上刮过去。陶器、瓷器、木雕、铜器，各式好玩的小摆设，上世纪30年代的美女月历……假的居多，真品恐怕要碰运气。

然后天渐渐地亮了，一种青灰，来凑热闹的人就更多了，一直热闹至午后。宝贝其实是很少的，都是一些有趣的事物：数不清的毛主席像章。冬天用来暖手的铜手炉，雕着精致的花纹，里面可以放炭，摆在咖啡桌上，是别致的装饰。红木笔筒，木纹雅拙。有时还可以找到紫檀木的蟋蟀笼，镂花缠枝的纹样。瓷器极多，有绺裂，完美的却是假货。间或可以找到镀金的小兽书镇，精致可爱。另有老祖母时代的蚊帐钩、三寸金莲绣花鞋与缠脚布。

即使穿得朴素，人家还是很容易把游客辨认出来，盯在后面不放，苦口婆心："这儿没有好东西啦！我带你去别的地方，都是精品！"

　　才不敢去。若碰上坏人，要吃大亏，若碰上精品，会犯法。几个人快快乐乐地在人堆中钻着，忽闻一阵烤地瓜的清香，欢呼一声，忙抢去买。烫山芋在双手中翻来转去，咬在口中，香，软，滑，是一顿美味的早餐。

（刊于 1996 年加拿大东岸版《明报》）

心手合一

初听梅艳芳的歌，真是惊艳。多么美丽的声音，从灵魂深处，一丝丝抽出久埋的寥落，如黑夜的猫，在暗处自舔着身上累累的创伤，一双眼珠子冷绿冷绿地发亮。如骄傲的鹤，形单只影隐没在杳杳的穹苍；如春花乍开；如一阵流星雨……

从此深深迷上了她。开车子，漫长的公路上，她的声音与我抵死缠绵。朦胧夜雨里，蝶舞痴缠，剪不断的客途秋恨。

真正能感动人的，是感情吧。

文学、艺术或音乐，没有了感情，都只是残躯，缺乏颜色与光彩。

常用的中国字，也不过那么多。有人却能把小小一篇文章，写得情致动人。绘画用的颜色，也只有若干种，有些画家却能令一个平平凡凡的题材，画出震动人心的效果。

但奇怪，同一首歌，配上国语歌词，由梅艳芳唱出来，就不如粤语歌词来得感人。这就是技巧的训练了。能用中文写出美丽文章的人，不一定能用英文表达出同样的情意。反之亦然。

中国有许多技巧出色的油画家，能把人或物描绘得栩栩如生，细微至一根头发，一条小小的衣纹。但我们也希望画中有感情，一种悠然，一点悲哀，一些欢欣。

或超然于物外的出尘姿态。

心手合一，方是妙品。

（刊于 1996 年加拿大东岸版《明报》）

风流花一时

某种艺术风气，会流行一时，渐渐又烟消云散。某些人物，占尽风骚，转瞬间灰飞烟灭。花会谢，彩霞易散，一刹那的绚烂过后，不留痕迹。

谁不想在历史上留下脚印？只可惜大江东去，大部分名字都被浪花淘尽。能代表一个时代、一种风尚的艺术家，不过寥寥无几，其他的，就像所有曾经活过又死去的张三李四，面目模糊，个性暧昧，无人记忆。

许多捧场文字，动辄把画家捧为"大师"：山水大师、抽象大师、现代大师……"大师"这么多，应是令人欣喜的艺术丰收的时代吧。但真正优秀的作品却如此贫乏，反令人深感悲哀。

十余年前曾名噪一时的书画家，现在已无人一顾。一些以乡土趣味加老天真的热门作品，如今亦乏人问津。杂志捧场，画廊造势，都只是一时热闹。时间最冷酷无情，考验着每一位创作者和他们的作品，过滤沉淀之后，仍能晶晶发亮的，才算占一席之位。

是怀才不遇吗？现在已很少这样的事了。每年大小拍卖会几十次，画廊多如牛毛，大家都争相发掘艺坛明星。有才华的早已被争抢得炙手可热，平庸的也往往被捧上场面。

但为什么翻开目录，吸引人的仍只是张大千、齐白石、傅抱石、李可染？拍卖结果，也是他们遥遥领先。

实在没有永远的侥幸。不懂而乱买的人，有，但不多。要许多许多人，长期地买得心甘情愿，才算站住了脚。其他芸芸众生，只是各式花朵，开过的或从不曾绽开过的，风流一过，无痕无梦，只留遗憾。

（刊于 1996 年加拿大东岸版《明报》）

拍卖场一槌定生死

　　每个画家都想把自己的画挤进拍卖行 —— 当然是世界性的大拍卖行。近年小拍卖行多如雨后春笋，出名的画家却避之唯恐不及，没名气的画家也不想参加，怕的是一进去便翻不了身，像新出牌子的衣服，一开始就送往纽约十四街的小杂店，此后一辈子与麦迪臣大道的名店无缘。黄花闺女，最怕遇人不淑。

　　拍卖真是残忍的事。花几个月的工夫画好一幅画，自觉心满意足，无可挑剔，辗转送往拍卖行，专家左看右看，令人捏着一把汗。好，终于入选了，于是拍照片、做图录、发宣传，天南地北运往各地展览，如候选佳丽，一列排开让大众品头论足。自然其中有识货的，也有不识货的，全部自认专家，批评入耳，往往令画家搥心捣肺。

　　好不容易等到拍卖那天，偌大的大堂，人人手执图录，正襟危坐，等待拍卖官喊价。卖家及拍卖行则祈祷上天保佑，令买家频频举牌。生死之间，危若毫发。

　　够胆去目睹自己的作品被拍卖的画家，恐怕不多。佳士得第一次拍中国油画，陈逸飞早上还谈笑自若，拍卖时间越迫近，脸色越苍白，终于逃进咖啡室，拿热咖啡杯子暖手暖心，等朋友来报佳音或"判死刑"。

吴冠中也参观过一次拍卖，他说："我是早就翻看过图录，确定其中并无我的作品，才敢去参观的。"艾轩就更妙了，拍卖前两天玩失踪，电话、信件一概不听不看，以免紧张。

真残忍，所有心血，一槌定生死。

（刊于 1995 年台湾《艺术家》杂志）

艺术投资

赚钱的事当然是有的，十多年前，两万美元买来一只商代铜塑野牛，年前在拍卖会上拍出三百多万美金。20世纪50年代两百港元一张的齐白石画，现在可值几十万港币。更别说梵高的画价，可以一涨千倍了。

大家惊羡，口水流了一地。

但，如果只是为了赚钱，还是去买房子好。上世纪60年代香港八万港元一层的楼宇，现在不是好几百万吗？

我是做拍卖的，说这种话，简直是砸自己的生意。

可是，如果你心里没有艺术，乱碰乱摸只为了钱，我劝你还是投资别的生意好。赚钱的方法有很多，何必搞自己既无兴趣又一窍不通的事。你以为上帝会给你写保单，一定能赚的吗？

艺术投资是：手头上偶然得到一件东西，为了搞清楚它的来龙去脉，四处找书看，找人问，越弄越入迷。下次碰上了，又再添一两件。闲时拿出来细细把玩欣赏，私心窃喜，爱不释手……渐渐成了这一门类的专家。十年二十年下来，藏品不少，留给子孙，忽然成了一个大宝藏。

这绝对不是神话。广东有位李启严先生，青年时代就爱碑帖，真正的收藏是移居香港之后。解放初期，文物极便宜，碑帖尤其无人注意。他每天黄昏往摩罗街兜一圈，买上一两件。前年纽约佳士得公司特别举行"群玉斋藏品拍卖"，便是他的珍藏。他生前享受着收藏的乐趣，死后受到艺术界的尊敬，儿孙承受了金钱上的恩泽……有甚么投资，能与艺术投资相比？

（刊于 1996 年加拿大东岸版《明报》）

恩怨

恩人变仇人，朋友反目，合伙人举戈相向 —— 一切以名或利为基础的交易，大多有如此下场。

包括明星与制作人，歌星与唱片公司，还有画家与画商之间的恩怨。

太阳底下，从来没有新鲜事。

当日微时，画搁至发霉。忽然跑来一个画商，愿意购买若干张，甚至有更大手笔的，替你办移民，安置一家大小，每月付一个数目，签约几年。当时出国多么艰难，生活何等清苦，一下子可以安顿下来，画家大喜若狂。

不料数年之后，世界变了，中国画行情大涨。咦！当时一两千元卖出的画，眼看人家一转手赚了几十倍，却又合约缠身，动弹不得。这个奸商太厉害了。于是愤怒、不平，气恼非常。

画商却认为，太可恶了，忘恩负义。当初付的是真金白银，买卖双方都心甘情愿，还得冒着你一辈子红不起来的风险，钱财随时可能泡汤。而且做宣传，出图录，打广告，费了多少功夫，怎么一下子脸就变？

　　都有理，做人太难了。谁能未卜先知？谁愿自己吃亏？

　　画家与画商关系最好的，大约只有梵高和他的兄弟吧！那样全心全意地爱护着他，支持着他。但，他们是亲兄弟。

　　而亲兄弟反目成仇的例子也多着呢！

　　只为了钱！

　　钱，没有它，多痛苦。有了它，多烦恼！

（刊于 1996 年台湾《艺术家》杂志）

人在江湖

都叹身不由己，只为一点虚名。

拍卖场上经常出风头的买家，偶而出手迟疑，人家就以为他没有实力了。如果缺席，更惹猜疑：是偷渡文物被抓起来了吗？是身患恶疾将不久于人世？又或是债务缠身倾家荡产？否则这种热闹场合，怎能少得了他……

不过凡流言，两三个圈子兜回来，变成绘声绘色，真有其事。

梅艳芳唱的"谁愿独立于天地，痛了也让人看？"却不幸都要在人前被仰望。

一定是充满了成就感的吧，当四面掌声响起，照相机闪光灯不绝的时候。

画家们何尝不痛苦，上次一幅画卖出一百万，这次即使卖七十万也会有嘘声："看，不是倒下来了吗？"

还得与各路英雄比高下，绝对要比别人卖得好，才算风光，吐气扬眉。

而早年功力较差时的旧作，一概不认。

连著名的资深画家们，往往也跳不出这名利场，勘不破这虚荣网。

静下时，想一想：究竟拍卖这么热闹，是推动了艺术，还是扼杀了艺术呢？

什么题材价钱好，大家一窝蜂都赶去。然后大言不惭，人人都是"撷中西之所长、集古今之精萃，创出个人风格"，于是有了各种各样的"大师"，真是全民爱艺术的时代 —— 全民爱以艺术之名挖钱的时代。

凡是创作行业，拍电影、写小说、绘画，烦恼都是一样的。"欲求再进如登天"，保持高峰，比一鸣惊人更令人苦恼。

呵，一点虚名。

（刊于 1996 年加拿大东岸版《明报》）

捉鬼钟馗

台湾有位富商，最爱收藏以钟馗为题材的绘画，一幅一幅挂满客厅，由明朝到近现代都有。而他自己，黑且丑，也真有点钟馗的样子。

喜欢收集钟馗画像的不只他一个。这种题材的绘画，卖出率相当高。是否疑心生暗鬼的人特别多，要请钟馗来驱魔压惊。

画中的钟馗都丑陋。但据明朝《逸史搜奇》的记载，他本是唐朝一个风流英俊、文武双全的人物，不幸误堕鬼窟，被群鬼作践，一夜之间变得丑陋不堪，并因此被摒弃不能高中，羞愤自尽。他的好友杜平代为上书鸣冤，唐明皇于是追封他为"终南进士"，专司捉鬼驱邪。钟馗感念杜平，以妹妻之，这就是"钟馗嫁妹"的故事。

古今许多著名的画家，几乎都画过钟馗，最远的据说可追溯到唐朝的吴道子。我个人所见的钟馗画作也不下数十幅，因为是"鬼"，特别生猛有趣。元代龚开的《中山出游图》，现藏华盛顿博物馆，所画内容是钟馗带着妹子及大小群鬼游山玩水。元代颜辉的《钟馗出猎图》，被纽约的戴氏收藏，都是了不得的精品。

当代著名的画家，谁没画过钟馗呢。张大千的钟馗是个斯斯文文的书生，其实是大千先生的自画像。傅抱石的钟馗是个黑脸庞、神情肃然的老翁，坐在竹轿子里，竹杆上摇摇晃晃吊两只小鬼。齐白石的钟馗穿着鲜艳大红袍，手执白纸扇，三角眼，大胡子，一副安闲自得的样子。

目前为止，拍卖场上最贵的钟馗是一个设色长卷《钟馗出猎图》，元代史杠作。在 1989 年拍出七十多万美元。

（刊于 1996 年加拿大东岸版《明报》）

　　罗生门外竹林中

钟馗出猎图 （局部）

史杠 绘

《钟馗出猎图》卷（纽约佳士得拍卖行1989年六月《重
要古画》专场图录第5号）

　　史杠是元代画家，字柔明，号橘斋道人，河北
永清人，生卒年不详。官至行省右丞。画史上记载
他工绘山水人物、花竹翎毛。这幅《钟馗出猎图》
是他传世最重要的作品。

史可法绝笔书

明末清初，天地变色之际，其间出现多少可歌可泣的故事。

小时候读历史，听到史可法殉扬州城，总是双目流泪，心头沸热。有朝一日，也甘愿抛头颅、洒热血，为国捐躯。谁知岁月荏苒，心态渐入中年。热潮过后，心恍如陈年的弹簧，断了的弦，熄灭的火，被冷风吹散了的轻烟。

最近却又在一位台湾老先生的家，看见他收藏的一封史可法绝笔书。那是清兵将破扬州城时，史可法写给母亲及家人的最后一封书信。书法未必真，聊作史料看。抄录下来，大家分享：

太太、杨太太、夫人万安。北兵于十八日围扬城，至今尚未攻打。然人心已去，收拾不来。法早晚必死，不知夫人肯随我去否。如此世界，生亦无益，不如早早决断也。太太苦恼，须托四太爷、大爷、三哥大家照管。照儿好歹随他罢了。书至此肝肠寸断矣。四月廿一日，法寄。

下面钤着"大司马"一个白文方印。

相传史可法的母亲怀孕时，梦见文天祥而生下史可法。古来的圣贤，都有这一类异想天开的传奇，何必信以为实。如果真是文天祥转世，也实在太可悲了吧，为国家死了一次又一次，即使碧血丹心，也救不了民，改变不了亡国的命运。这位爱国的精灵，倘若只在国亡家破、异族入侵时才显灵，那么还是请他好好安息吧，我们不想再经历这种惨痛的历史了。

（刊于 1995 年台湾《艺术家》杂志）

陈逸飞的梦

　　甘国亮访问陈逸飞时，当说起多舛的少年时代及受苦的母亲，陈逸飞忍不住咽哽流泪，迫得一度中断访问。

　　陈逸飞多情，包括亲情、友情与爱情。性格上有点上海人的圆滑，但器量颇大，乐于助人，为人爽快并有义气。

　　他是目前油画拍卖场上最热门的画家，动辄港币一百多万一张作品。但如果以为他只有商业上的价值，却是非常错误的观念。

　　十年磨一剑，陈逸飞磨画笔岂止十年。他的特长不仅是写实的技巧——擅长写实的中国油画家还有很多，陈逸飞最难得的是"松"，用笔敷色有从容、轻松、明快的感觉。他的笔触如清风，如灵蛇，如水银泻地，如湖畔澄明的月色。

　　一种游刃有余、谈笑用兵的气度。

　　而且他思想敏捷，别人看不到想不到的东西，一下子就被他抓住了。然后当大家都跟在他后面跑时，他立刻又转往新的方向，进入更高的层次。

　　但，不招人妒是庸才，何况艺术圈最是争名夺利之地。

　　陈逸飞自从以《浔阳遗韵》一鸣惊人，成为中国油画家中的明星，两年来，自己也成了一只刺猬，被射得挂满一身箭翎。

说他的画只是漂亮的照片，说他四出交际，拍卖高价只是炒作的结果，等等。

多事的人有些因为嫉妒，有些是要表示自己深知内幕消息，有些人，却只为闲得慌。

我昨天在他上海的画室里看到他最近的巨作《山地风》，惊诧得说不出话来。许多油画家都描绘过西藏风情，但这样浑厚、这样典丽、这样雄伟的却非常罕见。

它远远超过陈逸飞自己的《夜宴》、超过上两次拍卖的《玉堂春暖》与《待月西厢》。这《山地风》一出，全世界说闲话的人统统要闭上尊嘴。

这才是真正的陈逸飞，才华横溢，顾盼自豪，在宏大的结构中，把油彩的浑厚华滋，发挥得淋漓尽致。

要说闲话，我是唯一可以多事的人。因为他没有把这幅精心之作交给我拍卖，却送去北京的嘉德，一家今年初在中国新成立的私人拍卖行。我当然非常失望。

但我理解并支持他的决定。在国外扬名多年，是应该让国内的批评家们，有机会再睹他的丰采与实力的时候了。海外的油画爱好者，也必会为这幅作品喝彩。

《山地风》，陈逸飞可以引以为傲的经典之作！

（刊于 1996 年加拿大东岸版《明报》）

罗生门外竹林中

山地风
陈逸飞 绘 上海龙美术馆藏

陈逸飞从小就有个电影梦，在光影和色彩中诉说人世间的悲喜。这个梦想到他生命的晚期才得以完成，但他一直把电影的理念放进他的绘画里。他油画里的构图、造型和采光，无一不是镜头下的视角。他画如其名，飘逸飞扬，灵活多变，却又豪朗深情。

怀斯一门多杰

　　说起艾轩，焉能不提及安德鲁·怀斯。中国当代油画家深受怀斯影响的，也不只是一个艾轩。

　　若你往纽约大都会现代美术馆，试找找怀斯的《克利丝汀娜的世界》。那个残废的女孩，在苍茫荒凉的草地上，匍匐着要爬回自己的家。家，是一座小小农舍，兀立在草原的尽头，遥远的天际。一种徒劳的挣扎，绝望的梦，如烙铁般痛灸人。

　　怀斯十九岁举办第一次个展，立刻名震艺坛。此后数十年，连获甘乃迪总统奖，法国、苏联及英国皇家艺术学院等颁发的奖项。可说是 20 世纪下半叶，美国最重要的画家之一。

　　他把水彩运用得出神入化，蛋彩技法更是拿手绝活：用蒸馏水、蛋黄及油彩混合成颜料，以小号水彩笔，在画布上敷布形象。如一只目光尖利的隼鹰，他在自然景观中挑取目的物，重新放大、缩小、排列组合。在技巧上，他极度写实；在观念上，他极度抽离。得出的结果，却往往震撼人心。

　　安德鲁·怀斯的父亲和儿子，都是出色的画家，他还有三个能绘画的姊妹。但安德鲁这棵树太高太大了，于是这个姓怀斯的画家之家，大家最知道的也就是这个怀斯。

有多少中国画家追踪着怀斯的风采？随便一数：艾轩、何多苓、姚远、龙力游、早期的罗中立……怀斯也许不知道，他的枝叶伸至遥远的中国，并结出累累的果子。

（刊于 1995 年台湾《艺术家》杂志）

此中有真意

三笑之外

近来翻看一些明代人的集子，竟非常倾慕着唐寅。我本来就很喜欢他的画，那清灵的气质，与秀润的笔法，别具雅逸风流的韵味。对他的生平，则除了"三笑"的传说，其他都很茫然，想不到他是那么一个性情中人。唐寅的出身，是个"穿土击革，缠鸡握雉，参杂舆隶屠贩之中"的小市民。然而他早熟的天才，晶烨光华，一直惊人耳目。文徵明的父亲文林及大学者吴宽、梁储都很欣赏他的才华，广为延誉。他是弘治十一年应天府试的榜首，次年会试，却因邻郡友人徐经通贿考官，牵连被罪，黜为浙藩椽吏。唐伯虎耻而不就，回到苏州，此后再没有出头的机会。

唐寅的性格，像大多数的文人，带几分轻薄疏狂，风流自赏。文徵明有《简子畏》一诗，极可看出他的为人：

落魄迂疏不事家，
郎君性气属豪华。
高楼大叫秋觞月，

深幄微酣夜拥花。
坐令端人疑阮籍，
未宜文士目刘叉。
只应郡郭声名在，
门外时停长者车。

又有《月夜登南楼有怀唐子畏》：

曲栏风露夜醒然，
彩月西流万树烟。
人语渐微孤笛起，
玉郎何处拥婵娟？

把他的浪漫风流，描写得淋漓尽致。而唐寅自己也并不讳言，他有《瞥见娉婷》一诗，书于扇面上，活生生是个登徒子的自述：

杏花萧寺日斜时，
瞥见娉婷软玉枝。
撮得绣鞋尖下土，
搓成丸药救相思。

因为只是"瞥见"，无法通传款曲，只好把佳人踩过的泥土搓成丸子，是否真的吞下肚子里，不得而知，就艳诗而言，倒是轻清可喜的。

　　唐寅的父亲是个商人，却一心希望儿子能进入仕途，因而对他督促颇严。墓志铭说唐寅"幼读书，不识门外街陌，其中屹屹有一日千里气，不或友一人"。看他早年的诗文，全是六朝的根柢。然而唐父早死，以唐寅野马般的性情，如何能日夜闭门读书，所以他做不成学者，却是个标准的文人艺术家。与文徵明、祝枝山、张灵、徐祯卿等，形成一个文士圈，几杯酒，几卷书，常使他们欢愉竟日。文徵明在《饮子畏小楼》诗中说：

　　　君家在皋桥，
　　　喧阗井市区。
　　　何以掩市声，
　　　充楼古今书。
　　　左陈四五册，
　　　右倾三二壶。
　　　我饮良有限，
　　　伴子聊相娱。

　　唐寅非常健谈，又谙佛理，间或与寺僧谈禅，机锋相对，终日不倦。

　　从他廿八岁中乡试第一，到廿九岁会试被黜，困于牢狱，"身贯三木，吏卒如虎，举头抢地，涕泗横集"，受尽了身心的折磨。短短两年之中，经历了他一生中最荣耀与最惨痛的两极。此后漫长的岁月里，一向轩扬自负的唐寅，深陷在困苦耻辱之中。世俗的毁谤，

秋夜读书图

唐寅 绘 私人藏

旁人的冷眼，呈现着人世辛酸的一面。他曾写信给文徵明，形容那种无可忍受的艰苦：

　　下流难处，恶恶所归。缋丝成网罗，狼众乃食人……海内遂以寅为不齿之士，仍拳张胆，若赴仇敌。知与不知，毕指而唾，辱亦甚矣……眉目改观，惭色满面。衣焦不可伸，履缺不可纳。僮奴据案，夫妻反目。旧有狞狗，当户而噬。反视室中，甀瓯破缺。衣履之外，靡有长物……寄口浮屠，日愿一餐，盖不谋其夕也。

——《与文徵明书》

　　文人笔墨，难免有所夸张，但人言可畏，这是不难想象的。此时他曾四出远游，独迈祝融、匡庐、天台、武夷等地。回家不久即得病，似乎病了相当时日。文徵明写给他的诗，充满了同情悲悯：

　　皋桥南畔唐居士，
　　一榻秋风拥病眠。
　　用世已销横槊气，
　　谋身未办买山钱。
　　镜中对影鸾空舞，
　　枥下长鸣骥自怜。
　　正是忆君无奈冷，
　　萧然寒雨落窗前。
　　——《夜坐闻雨有怀子畏次韵奉简》

可是唐寅毕竟是个任性妄为的人，命运困顿并不曾使他稍为收敛，他依然是"每以口过忤贵介，每以好饮遭鸠罚，每以声色花鸟触罪戾"。这使他树立了不少敌人，甚至受到朋友的猜忌。科场被黜，固然因他胸无城府，赋性轻浮，亦是朋友交恶的结果。

《列朝诗集小传》云：

"都穆少与唐寅交，最莫逆。寅锁院得祸，穆实发其事。"

此说最早见于《石湖记事》，初传出者为文徵明，似乎相当可信。而唐寅自己也说：

"朋友有相忌名盛者，排而陷之。"（《与文征明书》）

文人相轻，本来就很常见。以唐寅早年成名之速，声誉之高，受妒也是必然的现象。在《席上答王履吉》一诗中，他激动得几乎是大声疾呼：

我观古昔之英雄，

慷慨然诺杯酒中。

义重生轻死知己，

所以与人成大功。

我观今日之才彦，

交不以心惟以面。

面前斟酒酒未寒，

面未变时心已变。

这喷薄的文字，必然是深有所指的。祝枝山在唐寅死后，写了好几首挽诗，辞语非常愤慨沉痛，结句云："高才剩买红尘妒，身后犹闻乐祸人。"则唐寅生前所遭遇的冷酷，也就可以想象了。

在生命的晚期，唐寅受着贫病的煎熬，生活非常寂寞。他常独坐小楼之中，翻阅古书，看窗外闹市的行人，苍茫的落日。时有求画的人来找他，他也以卖画所得应付生活，有"闲来就写青山卖，不使人间作孽钱"之语。只有当好友如王宠、祝允明等携酒过访，畅论古今，商研文字，便使他重又兴奋起来，稍复那种"长袖骄红烛，飞花洒白袍"的潇洒，与"仰天击剑歌呜呜，男儿落魄日月徂。相与把臂挥金壶"的豪迈（并见王宠《雅宜山人集》）。在晚年所作《西洲话旧图》上的自题诗，恰是他一生的简单写照：

> 醉舞狂歌五十年，
> 花中行乐月中眠。
> 漫劳海内传名字，
> 谁信腰间没酒钱。
> 书本自惭称学者，
> 众人疑道是神仙。
> 些须做得工夫处，
> 不损胸前一片天。

无论身处何种境地，唐寅总有他的本色，也从未间断诗画的创作。他的文字秀发，诗格颇近俚俗，意思却很尖新，不落陈腐甜熟。

此外他又钻研佛理、易经、音韵等学，以古代的成功人物自励。在《与文徵明书》中，自谓要追随在困苦屈辱中完成著作、名垂于后的贾谊、司马迁，以合"不以人废言"之旨，对后世的知音，充满了自信的期望。

最近在美国纽约、堪萨斯城及西雅图，先后举办了一个"明中叶吴派书画展"（Crawford Collection），其中有一封唐寅晚年的书札，是很珍贵的资料。唐寅在信中详列自己一生的著作共七种，范围相当广泛：《三式掭钤》是阴阳之学，《唐氏文选》为诗文集，《书画手镜》是艺术理论，《将相录》《史议》是史学研究，《吴中岁时记》乃风俗笔记，《时务论》为政论。这些著作，可惜已存世不多。明万历年间何君立刻的《唐伯虎全集》，只有诗文词曲，另有《画谱》三卷，是辑录前人的画学理论，与《书画手镜》的名称，似是相当吻合，未知两书之间有无关系。信末说，希望死后朋友们能把他的著作"书于圹侧"。旧日文人以著述为先，书画不过是末技。唐寅念念不忘以文章垂名后世，但真正使他不朽的，却是他在艺术上的成就。

民间传说的"唐伯虎点秋香"，当然只是野史，但证之唐寅的性格，似乎亦颇有可能。秋香不是红拂，她没有一双相人的慧眼。也不是卓文君，不能从琴音中领悟惊人的文采。她之归于唐寅，全是巧合加上唐寅的荒诞。但即使这民间传说属实，也只不过是唐寅生命中的一小部分，永不黯淡的是他天才的光辉，这是那些"妒其名盛，排而陷之"者所无法加以损毁的。

（刊于 1975 年《明报月刊》）

胭脂骢

赵孟頫（1254—1322）是中国艺术史上罕见的全才，字子昂，号松雪，宋太祖赵匡胤十一世孙，秦王德芳之后。

他出生在赵氏政权衰败、蒙古族入侵中原的时期。忽必烈正式建立元朝时，他十七岁。他的童年和青春岁月，每一天都是在锦衣玉食和亡国的恐惧中度过的。

赵孟頫能诗善文，通音律，精鉴别，在书画创作上有极高的成就。书法方面，篆、隶、行、草无一不能；绘画则山水、人物、鞍马、竹石、花鸟无一不精。深厚的文化修养结合高贵的身份，使他成为元初艺坛的领袖。他实践了书画同源的理论，文人画到赵孟頫才真正确立了根基，影响了后世数百年的艺术理论和创作方向。

赵孟頫自言"余自小便爱画马"。画史上论及画马名家的承传，总要拉上曹霸、韩干和李公麟，这种评论其实相当虚泛。虽然杜甫在《丹青引》中盛赞曹霸高超的技巧："玉花却在御榻上，榻上庭前兀相向"，绢素上绘出的玉花骢和真实的玉花骢，竟有如镜照形之妙。但曹霸的绘画在南宋后已一件不存，后人只能从杜甫的诗句中，想象曹霸精美的写实风格。韩干传世的作品亦寥寥，其中《照夜白》被普遍承认为真迹，可惜画幅残破已甚，修补过度，与本来神貌恐有差距。李公麟则注重以书入画，利用书法线条表现马匹的俊逸。

到了宋末元初的龚开（1222—1304?），在经历了亡国的惨痛、个人抱负的幻灭之后，把胸中的磊落轩昂、峥嵘突兀，在笔墨中尽情抒发。他的一幅《骏骨图》，现藏于日本大阪美术馆，全幅画面上只绘一匹颓然垂首的老马，附有画家自题诗，把生命中的悲愤怆凉，壮志难酬的无奈，全融进这嶙嶙瘦骨之内：

> 一从云雾降天关，
> 空尽先朝十二闲。
> 今日有谁怜瘦骨，
> 夕阳沙岸影如山。

赵孟頫的《胭脂骢》，像《骏骨图》一样，也是画家感情的宣泄。

赵孟頫乃宋室苗裔，却身事元朝，既不受时人谅解，也未能完全得到新朝的信任。他虽以书艺称冠于江南，但在首府大都，从帝王至大臣阁僚，都只把他视作前朝王孙，而非真正的艺术家。他多次出仕，又多次退隐，这欲仕欲隐的矛盾心态折磨了他的一生。《胭脂骢》画上无纪年，但卷后有他在大德辛丑年（1301）的题诗并跋，说"《胭脂骢》余十年前所作"，则画的创作约在1291年，赵孟頫三十七岁。这段时间他浮浮沉沉，出知济南，又以病辞归，大部分时间都在杭州吴兴等地。在艺坛上他名声日盛，在仕途上却是踟蹰

金泥书《金刚经》之末页

赵孟頫 书 私人藏

罗生门外竹林中

失据。在这种心情下，他绘出的《胭脂骢》便有特殊的意义。

"胭脂骢"是西域焉耆国的名种马，外表清秀灵活，眼大眸明，而且步履稳健，有善跑及能承重的特点。画家以柔和的线条勾出马的躯体轮廓，全身枣红色的细毛晶丽油亮，局部略抹一点石青，加重一点立体感，四蹄亦以淡淡的石青点缀。它侧身回顾，神态优美悠然。圉人则微笑回望，眼神满是爱怜。背景一棵柳树，盘屈老干，上垂万缕柔丝，春天的气息把胭脂骢衬托得越发娇艳。

《胭脂骢》画成之后七年，即大德二年（1298），元成宗为了笼络南方仕绅，巩固统治，特别征召赵孟頫到大都，以金泥抄写佛经，赵孟頫顺势举荐了邓文原等一批善书者。在当时的士人心中，对异族统治的政权有了新的想法：既然无力复国，便只能尽量保存汉文化，"胸中奇者五色笔，可以补天可活国"。他们选择与外族统治者妥协，在朝廷中争取多一些汉人的发言权，希望通过汉文化来改造异族对汉人的统治。赵孟頫等一批书家以精美的书法完成抄经的任务，并因此而获得比较重要的职务。赵孟頫获授江浙儒学提举，擢集贤直学士，书画之名倾动朝野。他的书画理论开始被广泛认同，真正确立了他在整个南北书坛的领袖地位。

到 1301 年，赵孟頫重新检视十年前的旧作《胭脂骢》，并在画后补题了一首诗：

骐麟騕褭世常有，伯乐不生淹椒豆。

欻见此图神自王，权寄磊落龙为友。

隅目晶荧生紫光，锦毛错落蒙清霜。

《胭脂鹭》诗画卷

赵孟頫 绘 私人藏

罗生门外竹林中

此中有真意　　　

189

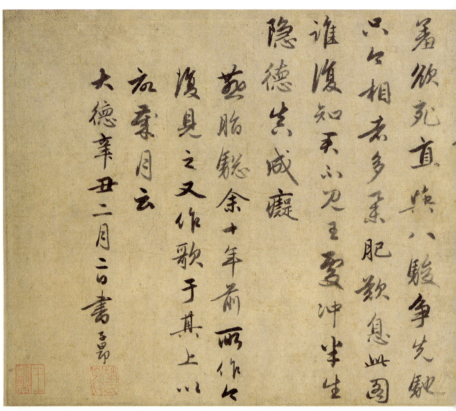

《胭脂聰》诗画卷释文

骐驎騕褭世常有，伯乐不生淹椒豆。
欻见此图神自王，权寄磊落龙为友。
隅目晶荧生紫光，锦毛错落蒙清霜。
霜蹄蹴踏寒玉响，雾鬣振动秋风凉。
朝浴扶桑腾浩荡，莫秣昆仑超象冈。
雄姿似隘六合小，盛气欲蚕浮云上。

　　罗生门外竹林中

嗅尘一喷惊肉飞，奋迅不受人间羁。

岂惟万马羞欲死，直与八骏争先驰。

只今相者多举肥，叹息此图谁复知。

君不见王处冲、半生隐德真成痴。

脂脂骢余十年前所作，今复见之，又作歌于其上，以记岁月云。大德辛丑（1301）二月二日书，子昂。

霜蹄蹴踏寒玉响，雾鬣振动秋风凉。

朝浴扶桑腾浩荡，莫秣昆仑超象冈。

雄姿似隘六合小，盛气欲苶浮云上。

嗅尘一喷惊肉飞，奋迅不受人间鞿。

岂惟万马羞欲死，直与八骏争先驰。

只今相者多举肥，叹息此图谁复知。

君不见王处冲、半生隐德真成痴。

《脂脂骢》余十年前所作，今复见之，又作歌于其上，以记岁月云。

大德辛丑（1301）二月二日书，子昂。

    这匹高贵的名种马，像画家一样，有着不平凡的家世。它"雄姿似隘六合小"，"奋迅不受人间鞿"，本应朝浴扶桑，暮踏昆仑，飞驰千里。但它却被豢养着，无法一展所长。赵孟頫是帝王苗裔，却身处无可奈何之世，对新朝的妥协使他深受时人的讥议。高贵的身份与被压抑的感情，是这幅画的主题。他把士大夫典雅雍容的气度注入动物的躯体之中，在它身上投射了一个天潢贵胄长期的抑郁。在这种心情下绘出的《胭脂骢》，便不仅仅是一匹骏马。它高贵雍容，是画家自己的身份，是他孤洁的品格，有着被压抑着的极欲驰骋千里的雄心。

    诗的最后两句，引用了王处冲的典故。王湛(249—295)，字处冲，西晋太原晋阳人。其父亲王昶是三国时曹魏的名将，拜骠骑将军。兄王浑则是助司马炎平吴而一统中国的名臣。《晋书》本传说王湛身长八尺，龙颊大鼻，不善言谈，从不在人前标榜自己。晋武帝及群臣子侄辈，都以为他痴拙愚钝，引为笑谈。后来才慢慢发觉他其实学识渊博，明敏练达，而且精于相马，是天质不雕的大朴之才。

赵孟𫖯这位前朝王孙，处处谨小慎微，对半生隐德而被嘲笑为"痴"的王处冲，实有切身之感。而"只今相者多举肥，叹息此图谁复知"，也是赵孟𫖯深深之痛。即使在画作完成的十年之后，他的题诗仍是充满辛酸。

这首诗载于《松雪斋集》第三卷。题跋的书法用笔遒劲，赵孟𫖯中年把黄山谷的俊朗糅合在"二王"的姿媚中，提按之间有飒飒英气。他在《论书》中亦曾说"虽戏写亦如欲刻金石"，一般人只认知他柔丽的书风，是非常片面的。

画上钤王懿荣（1845—1900）的收藏印。他是发现甲骨文并收藏甲骨文物的第一人，字正儒，一字廉生，山东福山县人，光绪六年（1880）进士。他泛涉经史，致力于古籍、书画、金石、钱币、瓦当等的研究及收藏，曾三任国子监祭酒。庚子年（1900）八国联军侵华时，任京师团练使。京城被陷，誓不做亡国奴，作绝命词，与妻妾同投井殉国。

（写于 2018 年）

醉里葡萄墨为骨

　　二十多年前在北京故宫，由刘九庵先生带往仓库观画，看见徐渭（1521—1593）的墨笔葡萄轴，不禁惊叹：草书乱墨，恣意纵横，"笔底明珠无处卖，闲抛闲掷野藤中"。半生失意寥落的天才，能诗、能书、能画，谙兵法，高志凌云，恃才傲物，虽是满纸苍凉，却仍是凛凛然誓不妥协。

　　但最早以草书水墨写葡萄的，却是 13 世纪的僧人温日观。

　　据元人笔记《农田余话》所记："古人无画葡萄者。吴僧温日观夜于月下，视葡萄影，有悟，出新意，似飞白书体为之。"认为温日观是看到葡萄在月色下的影子后，才悟出以飞白草书绘画葡萄的方法。这就像说墨竹的起源是来自纸窗上摇曳的竹影一样了。我倒觉得当时既然有了水墨的山水，自然也就会有人用水墨去写竹子和花鸟，岂必一定要看见黑影子才蓦然醒觉。真正懂得创作的人，脑子还是比较灵活的。

　　温日观是南宋人，宋亡后，在杭州玛瑙寺出家，以书画知名于时。日本东京博物馆藏有他在 1291 年作的《葡萄图》轴，高士奇《江村消夏录》记载的一卷《葡萄图》则作于 1293 年。由此推知他的卒年应在这时期之后。

温日观在当时被视为狂僧，借醉佯癫，对看不顺眼的人随时一顿怒骂。戴表元说他"面目严冷，人欲求一笑不可得"。他在西湖放浪啸傲五十年，常带着果食沿街发给小童，被孩童们嬉拥着招摇过市。他很早便以书法知名，有颜真卿的俊拔、张旭的狂放，到晚年却又稍趋含蓄，清逸卓朗，完全是晋人的风韵。尤其擅长以草书笔法写葡萄，酒酣兴发之时，以手泼墨，恣意挥洒，亦诗亦书亦画，似风卷烟霞，浪摧崖石，然后稍作收拾，枝叶须梗挥洒而出，顷刻而就，"如神，甚奇特也"。与他同时及后世的名家，对他所绘的葡萄皆满是赞美之辞：

> 醉里葡萄墨为骨，秋叶东西云郁勃。（袁桷 1266—1327）
> 日观一饮西凉酒，解写葡萄绝代无。（张雨 1283—1350）
> 却将书法画葡萄，张颠草圣何零乱。（郑元佑 1292—1364）
> 浩然之气寒天地，书法悟入葡萄宫。（王冕 1310—1359）

他有一幅绘赠曾心传的墨葡萄卷，后面有赵孟頫（1254—1322）的长题，盛赞该画"初若不经意，而枝叶肯荣，细玩之纤悉皆具，殆非学所能至"。非学所能至便是颖才，一片自然天趣。此图著录在《石渠宝笈初编》。

元代著名的书法家鲜于枢（1246—1302），对温日观更恭执弟子之礼："鲜于设浴师浣之，为师涤垢曾弗辞"，亲自服侍他沐浴

墨葡萄

温日观 绘 私人藏

温日观题："唐禅月。水击罗浮磬，山鸣于阗钟。"

"辛巳（1281年）夏五廿八日，观老作。"

历代著录中温日观的画作极少，高士奇《江村销夏录》记载有一卷，《石渠宝笈》记录了两卷，其中一卷写赠曾心传，原为李日华旧藏。另一卷有王穉登题引首，近年曾入叶恭绰《遐庵清秘录》中，应已流出宫外。现今可见温日观传世的真迹大多在国外。日本人最崇拜他，凡是墨葡萄的画作，无论真伪，都归在温日观名下。东京博物馆藏有他在辛卯年(1291)所作的《葡萄图轴》，另一幅是辛巳年(1281)所绘，为阿形邦三氏所藏。两图都有题诗及署款，书画并皆精绝。

去垢。鲜于枢家中养有一只老龟，庭院里种植的老松树叫"支离叟"。温日观时常携带瓜食来喂饲老龟，又抱着"支离叟"狂歌痛哭。时局变迁，人间波诡，心中的抑郁和生命里的种种不如意，都在鲜于枢的"困学斋"中恣意发泄。

虽然在温日观之前，梁楷（1150 年生）、牧溪（？ –1281）等画僧已开始以草法作画，乱墨纵横，水墨淋漓。但温日观比较含蓄，他把率意而为的心性操控在法度精密的笔墨中，似纵马荒原，却绝不放弃缰绳，随时可以勒马回转。而且他诗书俱精，每一件作品都优雅雍容，是诗书画的高度融和，禅宗绘画与文人画风的完美结合。近人叶恭绰（1881—1968）论温日观所绘水墨葡萄，谓"用行草法，夭矫离披，已开白阳天池门户。盖由宋入元诸作家，穷极思变，此亦其一斑"。后世画家绘墨笔葡萄，基本上都以温日观为范本，却鲜能超越他的成就。

唯一可与温日观抗衡的是徐渭，所绘葡萄以草书乱墨喷薄而成，亦足以惊艳千古。但徐渭落笔似要惊动鬼神，温日观却像静夜里的琴音，幽逸清泠，余韵不绝。那正是徐渭笔下所缺乏的，又或是徐渭故意摒弃的，一种温柔婉约的风致。

（写于 2018 年）

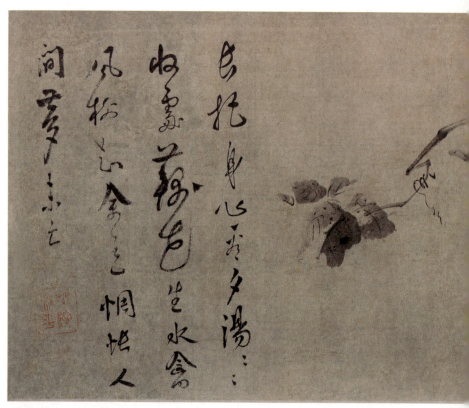

葡萄图

温日观 绘 私人藏

长把身心看夕阳

夕阳收处藕花生

水禽风树知余意

惆怅人间梦未亡

钤印："芬陀利华"

秋江渔父

中国古代的文人，大多有"渔父"情结：远离俗世的纷争，洁身自好，一辈子躲进桃花源。

最早把这一概念提出来的，大约是庄周。他在《渔父篇》里，借渔父之口教训孔子：你所提倡的忠信、仁义、礼乐、人伦，都只是"苦心劳形以危其真"，没有权势的支持，没有可以一呼百应的地位，却汲汲奔走于诸侯之间，推销那些高调的主张，活该一次又一次碰壁。倒不如顺应天然，"法天贵真，不拘于俗"。人如果想摆脱自己的影子而在太阳下发足狂奔，不但影子没法摔开，却先把自己累死了。何不躲在树阴下凉快凉快，影子自然也就消失得无影无踪。

似乎有点愚犬。孔子若真的听到了，恐怕是要嗤之以鼻的。

那些失意而又无法改变命运的文人，却容易引发共鸣。

到了屈原，"举世皆浊而我独清"的孤介，更符合了文人自我标举的品性。水清则濯缨，水浊则濯足的思想，深深地影响着一代又一代的文人：

安能以皓皓之白，而蒙世俗之尘埃乎？

他们向往着"不知有汉，无论魏晋"的桃花源，在封闭的环境中不问政事，不知兴亡，隔绝人世间的一切纷争悲痛。落英缤纷、欸乃一声山水绿的幽美境界，更足以麻醉身心。

渔父图便成为热门的绘画题材。

挣扎在异族统治下的元朝画家，自赵孟頫始，其后的赵雍、吴镇、唐棣、朱德润、盛懋，都喜欢作渔父图。这一方面因为他们活动于江南，渔舟浅浪是眼前的天然风景。更因为生命中种种无奈，只能凭借风清月白的山水去洁涤心灵。所以元画中的渔父图多是文人寄兴之作，坐在钓舟上的，没有一个是真正的渔父。到明代的浙派画家如吴伟、张路等，才真正描写出朴实的渔民生活。

这幅《渔父图》的作者胡廷晖，只是个裱画匠。

胡廷晖生活在元朝初期，吴兴人。他的确切生卒年不可考。赵孟頫 (1254—1322) 和张羽 (1333—1385) 都曾经与他交往，所以他的活跃时间应是 13 世纪末至 14 世纪中期。据说他身长八尺，白髯飘飘，"目光至老炯不枯"，是个精悍的汉子，而且"得钱但供酒家需，时复纵博为欢娱"，好饮酒、喜赌博，性格颇为放纵率意。

胡廷晖主要以修补旧画维生，但他在修补的过程中潜心学习画法。他为赵孟頫修补旧画时，因心神投入而深得古法：

鸥波亭前山满湖，
宾客不来人迹疏。
以手画肚私传摹，
归来三日神始苏。

下笔直与古人俱

　　　　——张羽《静居集》

　　而且他精于临摹，竟可以到乱真的地步，连赵孟頫也为之啧啧
称奇：

　　　"文敏公家藏小李将军《摘瓜图》，历代宝之者，尝倩廷晖全补。
　　廷晖私记其笔意，归写一幅质公。公大惊赏乱真，由此名实俱进。"

　　　　　　　　　　　　　　　　　　　　　　　——张羽《静居集》

　　张羽甚至认为"近代丹青谁第一？精绝独数吴兴胡"，对胡廷
晖赞赏不已。其实胡廷晖虽擅长临摹，却嫌逸韵不足。《图绘宝鉴》
评他的画"虽极精密，然未免工气"，还是比较中肯的。

　　历来有关胡廷晖的研究不多，《文物》杂志 1999 年第 10 期有
杨新撰《胡廷晖作品的发现与明皇幸蜀图的时代探讨》一文，可作
参考。他传世的作品亦极少，台北故宫有一幅《蓬莱仙会图》，结
构繁复，笔法远不如这幅《秋江渔乐图》。

　　胡廷晖不是文人，没有文人那种临风怀想、见月兴愁的心灵重
担。他只求把画写得好，写得精。这幅《秋江渔乐图》构图精致细腻，
用笔一丝不苟。他把嶙峋的山石和盘屈老树都密集在画面的左边，
只有远山向右延展，其下一片澄川，两叶小舟，各有渔翁忙碌而专
注地操作。

　　在直立式的挂轴上，把树石的重心放在画幅的一侧，以突出画

秋江渔乐图

胡廷晖 绘 私人藏

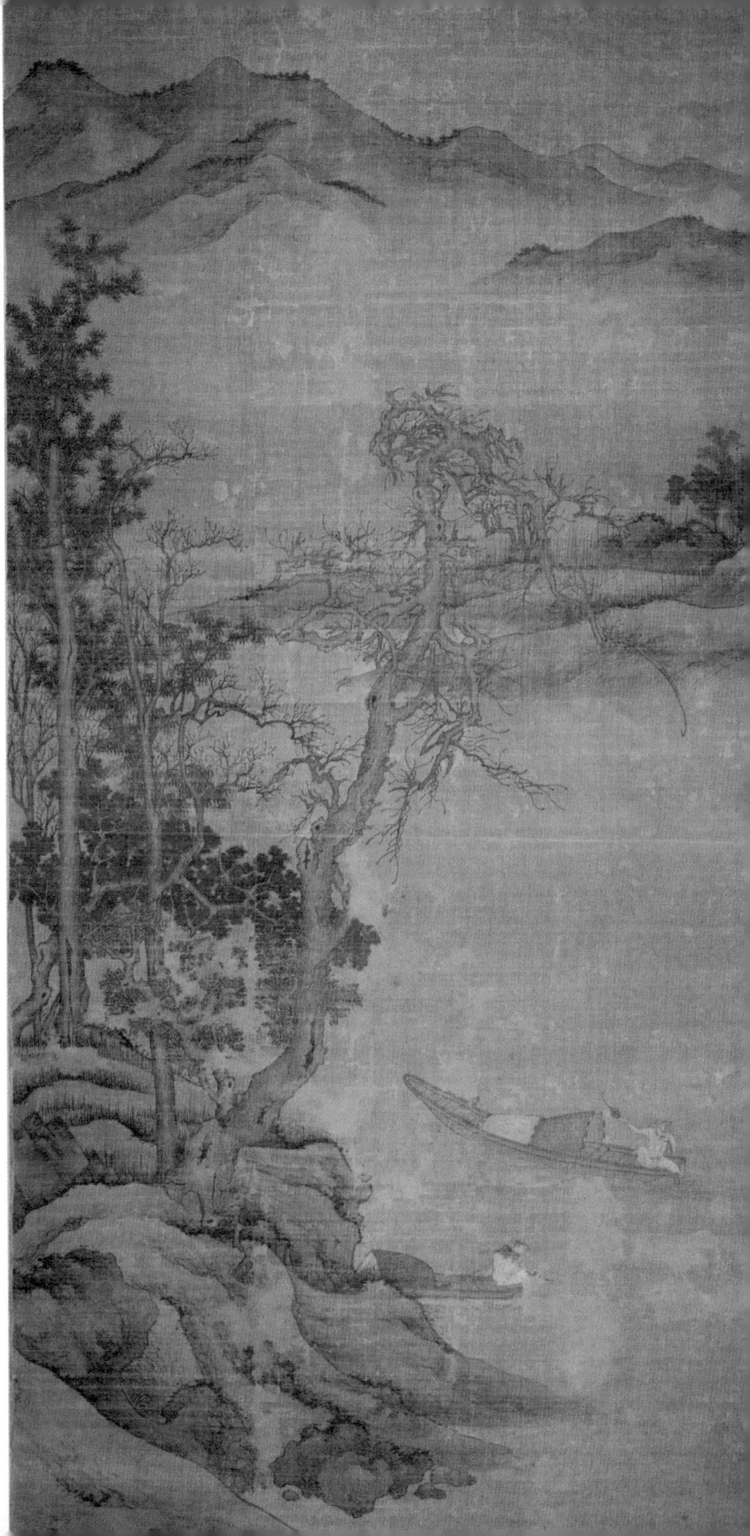

秋江渔乐图 （局部）

胡廷晖 绘 私人藏

罗生门外竹林中

面上虚实的比对，这种模式的构图由来已久，如巨然的《山川归棹图》、萧照的《山腰楼观图》。到元代以此形式构图的作品就更多，吴镇的《洞庭渔隐图》、倪瓒的《桐露清琴图》等皆是，亦常被唐棣、盛懋等人仿效。胡廷晖也以左实右虚的结构，配以高拔伸延的老树，以突出画面高远的效果。他在山石上的皴笔不多，但笔力雄厚，青绿设色应亦是受赵孟頫的影响。写树木的秃枝笔笔精绝，水波及人物的衣纹、面相亦刚柔并济，运笔如铁丝而能自然宛转，既表现出柔软的物形，更可见其操控笔墨的能力。

一个修裱工匠能以绘艺获得赵孟頫的赞赏，绝非偶然。这幅《秋江渔父图》不但是胡廷晖传世的代表作，即使置于同时代的名篇中，也是一点不会逊色的。

（写于 2018 年）

点点尽忠心

福建省福清县西面的黄檗山，连绵十五峰拔地而起，溪流曲宛，竞秀争奇。山上盛产黄檗木，褐黄色的枝干，夏日挂着一串串嫩黄的小花。入秋，黄色的小果实渐渐变成暗黑的硬果，累累满山。

生长在这灵秀之乡的隐元隆琦（1592—1673），是临济宗佛教史上非常重要的禅僧。他不但重建了中国的黄檗宗风，更是日本黄檗宗的开山宗祖。俗姓林，二十九岁依黄檗山鉴源禅师出家，立志振兴法教。他得法于密云的弟子费隐(1593—1661)，为临济宗三十五世传人。四十六岁成为黄檗山万福寺的主持后，广植田园，重修庙宇，令没落多年的道场再度兴盛。黄檗宗焕然成为东南一大禅林，隐元的盛名亦腾传于海内外。

但明朝灭亡的悲痛刺激着这个方外之人。1646年，黄道周不肯投降清朝，从容就义。隐元恸哭悲叹，并作诗两首哀悼：

君死成名节，吾生何足云。
空岩一滴泪，万壑起愁云。

四海静

费隐书　私人藏

不必吟枯骨，长愁天地阴。

黄河千里血，点点尽忠心。

社稷覆亡，山河破碎，隐元郁郁不乐。当时日本幕府实行锁国政策，日本僧人不许出国求法，而居日僧人大多不精于法理，无法推动日本的佛学。在长崎兴福寺任住持的逸然禅师深以为忧，多次恳请隐元往日本弘法。顺治十一年(1654)，六十三岁的隐元带着弟子、艺匠等三十多人，由郑成功的海军船舰护送出海，到达长崎，先后在兴福寺、福济寺和崇福寺开法。当时日本本国僧侣与东渡的中国僧侣之间、及不同的禅宗派别之间，也多有磨擦。隐元禅师以其智慧及胸襟，为各派的团结发挥了作用。临济宗、曹洞宗的僧侣纷纷到长崎兴福寺与隐元相见参禅，一时三百多僧侣云集。1661年，获德川幕府赐地，在京都宇治修建庙宇。

隐元不忘故土，为寺庙取名黄檗山万福寺。两年后法堂建成，黄檗在日本正式开宗立派。万福寺的建筑多为明朝式样，殿堂的装饰及堂内的雕像，都沿袭明代精湛的木雕艺术。其门下英杰辈出，法化兴隆。万福寺由第一代至十三代的住持都是中国人，黄檗亦逐渐发展成拥有寺庙五百多间、信徒檀越八万多人的宗派，与临济宗、曹洞宗并列为日本三大禅宗。

隐元在日本被尊为媲美唐代鉴真、宋代道隆的高僧，而作为一个知识分子，他精熟儒道之学，能诗善书。东渡赴日时也带去大量苏轼、黄庭坚、米芾等名家的字帖，万历版的篆体《金刚经》更是终身不离手。与他同来的弟子几乎人人能书善画，并在诗文、篆刻、

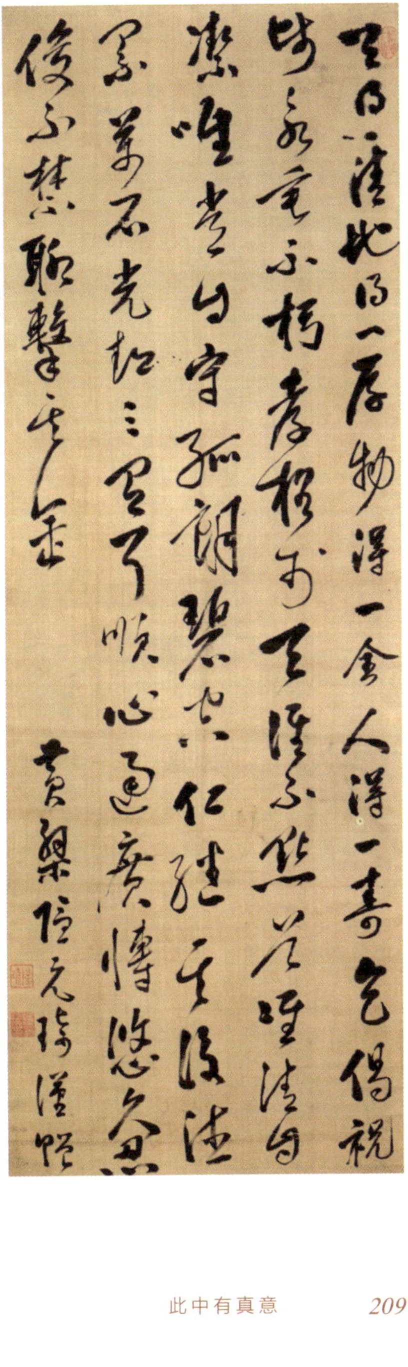

书法

隐元书 私人藏

建筑等方面各有专长。在他们的推动及贵族们的支持下，一种以中国文化为本而糅合了日本风格的"黄檗文化"渐渐萌芽，并迅速影响了日本的禅学、文学、艺术、印刷术、建筑和茶道。可以说，黄檗文化是17—18世纪日本文化的主流，直至明治维新后，其影响力才逐渐淡化。

宇治茶至今仍是日本茶叶著名的品牌。隐元的书法亦备受推崇，与弟子木庵、即非合称"黄檗三笔"，在书艺上各有成就。

促成隐元东渡的，是原任长崎兴福寺住持的逸然禅师（1601—1668）。他俗姓李，浙江钱塘人。关于他早年的信息非常缺乏，有说他在中国时已出家为僧，1644年东渡日本。亦有记载他在1641年随药材商人抵达长崎，1644年出家。但他是兴福寺默子如定禅师的弟子，并成为兴福寺的第三代住持，这一点却无疑问。他出家后道号逸然，法讳性融，从1645年至1655年，任兴福寺住持达十年之久。

逸然深感当时日本的禅宗法教衰微，亟欲请国内的名僧东来教化。他先后四次恳请隐元禅师来日本，隐元被他的诚意感动，终于在1654年率徒众抵达长崎。逸然把住持的职位让给隐元，自己退居监寺，并全力支持隐元，可见他高尚无私的品格。黄檗宗能发展成日本一大禅宗，逸然实居功至伟。他有一方私印"请法东传"，把请得隐元东来弘法，视为平生最得意的大事。

逸然还是个出色的画家。日本松隐堂藏有他绘的《涅槃图》，写如来侧卧涅槃，旁边围绕着菩萨、罗汉、僧众数十人，珍禽异兽无数，极工致精美。他尤其擅长人物写真，所绘《隐元禅师顶相图》，以精简的线条勾画出这位高僧清癯祥和的面貌，是肖像画的佳作。他又常以禅宗高僧故事作题材，日本人称之为"祖德画"，从他习画的弟子众多，所以逸然又被尊为"唐绘"的开山祖师。

逸然所绘的《隐元禅师补衲图》是一幅有趣的小画，他以铁线描勾绘面相，又以兰叶描凸显衣纹的轻软柔美。刚刚补衲完毕的隐元，正噏起了双唇，似欲咬断绵线，形象和神情都非常生动。但逸然要表现的不只是这些，他要通过这平实的小景，去呈现生活中的隐元：身为名刹的主持，广受平民和贵族敬仰的他，却依旧是一个朴素的、刻苦修行的禅僧。

（写于 2008 年）

隐元禅师补衲图

逸然 (1601-1668) 绘

隐元 (1592-1673) 赞

私人藏

隐元题：

　　补衲朝阳　卫躯益道

　　无求于外　自剪自操

　　金针绵密　风霜不到

　　笑看名利满婆娑

　　知足林间有几个

　　黄檗隐元题

　　罗生门外竹林中

隐元禅师补衲图 （局部）

图书在版编目（CIP）数据

罗生门外竹林中 / 林琵琶著. -- 上海：上海文化
出版社，2021.11
　ISBN 978-7-5535-2427-6

　Ⅰ．①罗… Ⅱ．①林… Ⅲ．①小说集－中国－当代②
随笔－作品集－中国－当代 Ⅳ．①I217.2

中国版本图书馆CIP数据核字(2021)第223094号

出 版 人　姜逸青
责任编辑　吴志刚
封面题签　林琵琶
装帧设计　王　伟

书　　名　罗生门外竹林中
作　　者　林琵琶
出　　版　上海世纪出版集团　上海文化出版社
地　　址　上海市闵行区号景路159弄A座3楼　201101
发　　行　上海文艺出版社发行中心
　　　　　上海市闵行区号景路159弄A座2楼206室　www.ewen.co
印　　刷　苏州市越洋印刷有限公司
开　　本　889×1194　1/32
印　　张　6.75
版　　次　2021年12月第一版 2021年12月第一次印刷
书　　号　ISBN978-7-5535-2427-6/I.940
定　　价　78.00元

敬告读者 如发现本书有质量问题请与印刷厂质量科联系　电话: 0512-68180628